河出文庫

改訂完全版

毒を売る女

島田荘司

河出書房新社

目次

改訂完全版　毒を売る女

毒を売る女

1

大道寺靖子《だいどうじやすこ》が私の家にやってきたのは、よく晴れた五月末のある午後のことだった。幼稚園に行っている娘の里美《さとみ》もまだ帰ってこず、家の片づけもちょうど一段落したところだったので、私は彼女を台所にまねきあげてコーヒーを淹《い》れた。

大道寺靖子とは、二年前里美の幼稚園予備校の母親会で知り合って以来の仲である。大変な美人で、それがベンツを乗り廻して幼稚園にやってきて、しかも冬などシルバーフォックスの毛皮など着ているものだから、幼稚園の母親の集まりではひときわ目だった。

私の暮らしている上野毛《かみのげ》は、まずまず高級住宅街に入る方なので、母親たちにも割合派手な身なりの人が多かったが、しかしそれでも子供を送ってくる車は国産の高級車、コートはうさぎどまりである。かく言う私もその一人だ。

そこで私も、他の母親たち同様、大道寺靖子のそのまるでおかまいなしの様子に軽い反撥《はんぱつ》と、警戒心を抱いていたものだったが、どういうわけか向こうの方で私にひどく接近してきた。その様子は露骨なほどだった。私もこの土地に引っ越してきたばかりで知り合いがなかったし、向こうもそういう事情で孤独だったから、私たちは、子供が同じ幼稚園に入るとほどなく親しくなった。私は母親たちの集まりで孤立してしまうのが怖かったので、特に彼女とばかり親しくなるのを避けるよう努めたが、大道寺靖子の方は、幼稚園では私以外に親しい母親仲間はいないらしかった。

親しくなると、大道寺靖子は三日とあげず、私の家にやってきた。たいてい自由が丘のAという、有名なケーキ屋のケーキを買ってきて（それも十個も買ってくるのだ）、長いこと話しこんでいった。

うちとけてみると案外気さくで気のよい女で、私とは話が合った。ただどうも首をかしげるところはあったが。というのも大変なブランド志向で、ケーキは自由が丘のA、スープは青山のP、肉は六本木のSでしか食べる気がしない、などという話を三十分も聞かされる時は、辟易《へきえき》した。しかし彼女は、私がどんな顔をしようと一向におかまいなしなのである。

彼女はよいところのお嬢さんという、まさにあれだった。名のある政治家だった祖父を持ち、田園調布生まれの田園調布育ち、お嬢さん学校で有名なS女子大を出て、お見合いで、あるお寺に嫁いできたらしい。

このお寺というのは、上野毛からは少し離れた場所にあるのだが、最近水子供養を始め、これが図に当たって大変な収益をあげ、それで彼女もこんなに羽振りがよいというところらしかった。そんな噂を幼稚園の母親たちから聞いた。彼女が自分の息子をはるばる私たちの幼稚園に入れてきたのも彼女のブランド志向の成せるわざで、この上野毛の幼稚園は、東京の幼稚園の中ではもっとも名が通ったもののひとつなのである。

私が大道寺靖子に今ひとつ気を許さなかったのは、彼女のそんな派手派手しさや傍若無人ぶりを警戒したということもあるが、言ってみれば医者の妻というものの、一種の習性かもしれない。

私が内科医師である今の夫と結婚すると、どうしたわけか、大して親しかったとも思えない昔の知人や、学生時代の友人たちがこぞって私のもとに友情を暖めにやってくるようになった。不思議に思っていると、彼女たちはことあるたびに電話をしてきて、自分の体の不調や、夫や子供の体調の異常や不安を私たちに、正確には私の夫に相談するのだった。私の夫は気のよい男だったので、一、二度顔を見かけたというだけの私の友人の相談に気やすく乗ってやり、たちまち私の家は、無料の健康相談室になってしまった。つまり、どうやら私の知人たちは私が医者と結婚したと知ると、これは重宝、つき合っておいて損はないと踏んで、接近してきたということらしかった。

考えてみれば、医者の知り合いが身近にいるということは、ずいぶんと便利なことである。病院へ行くには、ちょっとした相談でもかなりのお金がかかる。私の夫なら、電話代だけですむのであった。

そんな経験から私は、自分に接近してくる女たちには、ほとんど本能的に、いや条件反射的にというべきか、警戒心を抱くようになっていた。大道寺靖子もその口かと思ったのである。

しかし考えてみれば、彼女にはその必要もないのだった。彼女は今金廻りがよいわけだし、医者代を節約する必要はちっともない。彼女が私を友人に選んだ理由に、私を気に入ったという以外の理由がもしもあるなら、それはやはり彼女のブランド志向で、私の夫が東大の医学部を出ているという事実を、どこからか聞いてきているのかもしれなかった。

その日の大道寺靖子は、いつもと違って口数も少なかった。どうも悩みを抱えているという風で、いつものブランド自慢の話も出てこない。

「いったいどうしたの？」

コーヒーカップを彼女の前と自分の前に置き、食卓の椅子に腰をおろすと、私はそう切りだした。彼女の首筋のあたりから、高級な香水の匂いがした。おそらくジョイだと思う。彼女以外から、私はこの匂いを嗅いだことはない。

「うん、それがね」

と大道寺靖子は、気重そうに口を開く。

「主人が倒れたのよ」

「ええっ?」

私は彼女の家にあがりこんだことがなかったので、彼女のご主人という人には、まだ会ったことがなかった。ご主人は大道寺俊造《しゅんぞう》といって、今は水子地蔵尊となった大道寺家のお寺の住職さんのはずである。年齢はまだ四十を少し出たばかり、倒れるような年齢ではない。

「倒れたって? どんなふうに?」

「ゆうべ倒れて、口から泡を吹いて、救急車で病院に運び込まれたのよ。原因は解らないんですって」

「解らない?」

「ええ、精密検査の結果を待たないと。私、豊《ゆたか》はまだちっちゃいし、裕《ひろし》もまだ二つだし、もうどうしていいか解らなくて、不安で」

私と大道寺靖子とは、上の子の年齢が同じだった。彼女の上の息子豊君は、私の一人娘の里美と同い年で同じ幼稚園だった。彼女にはもう一人、下の裕君という男の子がいた。

「解らないって、てんかんじゃないの?」

「ううん。違うのよ。主人はてんかん持ちじゃないし、家系にもそんな人はいないし、今までにもこんなことは一度もなかったって、お母さんはおっしゃるのよ」

「へえ……、じゃ過労とか？」

「そんなはずないわよ。主人の最近の仕事っていえば、そりゃあのんびりしたものだし、私の方がよほど重労働してるわよ。あれで過労で倒れられたら、私立つ瀬がないわ」

「ふうん、でも心配ねえ……」

「ええ、だから、もしよかったら、これからもご相談に乗っていただけないかしら。あなたのご主人、お医者さんでしょう？」

「え？　ええ……、それはいいけど……」

「お願いしたいの。これからどんなことになるかも解らないし。私一人じゃもう不安で」

「ご主人、以前からそんな兆候あったの？」

「うん、それが……、そうなのよ、前々から時々変なことを口走ったり、もの忘れがひどかったりして」

「そう……」

その日はそれで別れた。私はやがて帰宅した主人にその話をして、あさっての日曜日にでも彼女に会って相談に乗ってあげてくれないかと話した。主人は、ああそういいよ、と答えただけだった。

しかし翌々日の日曜日の朝、大道寺靖子から電話がかかってきて、病気になって行けそうもないと言う。どうしたのかと訊《き》くと、風邪をひいたらしいと言った。風邪ぐらいで？　と私は思った。私なら、夫が心配で風邪ぐらい押して出かけていくだろう。

「それが、熱が四十度近くあるのよ」

大道寺靖子は電話口の向こうで苦しげに言った。

「四十度⁉　本当なの？　大変じゃない！　本当に風邪なの？」

「ええ、私、よくこういうことあるのよ。咳《せき》出るし、風邪は間違いないと思うけど」

「よくって、そんなによく四十度も熱出るの？」

「うん。私、体弱いのよ。だから、ごめんなさい、今日とても行けそうもないわ」

「うん、そんなこと、もちろんいいけど。じゃ、お大事に」

「うん、ありがと」

電話を切り、食卓で新聞を読んでいる夫にそのことを告げると、

「風邪で四十度？」

と驚いた声を出し、新聞のページを繰ろうとした手を停めた。

「ええ、それもしょっちゅうですってよ」

「ふうん……」

そう言って、夫は首をかしげた。何かある、と思ったようだった。

「とにかく、来週の日曜日にでも連れてくるといい。風邪も治っているだろうし、ご主人の精密検査の結果も出ているだろうからね」

「ええ」

と私は答えた。

思えば、そんなことをしなければよかったのだ。このまま放っておけば、あとであんな厄介に巻き込まれることもなかった。

2

その翌週の日曜日、大道寺靖子はあっけらかんとした顔でやってきた。すっかり体も治ったらしく、耳たぶのあたりと左手の薬指に、ダイヤが光っていた。それから、ケーキが一ダースも入った自由が丘Aのケーキ箱を例によって抱えていた。私は、主人に会わせるのだからいつもの台所でなく、応接間へ通した。

「大道寺さん、いつも嬉《うれ》しいけど、こんなにたくさんケーキをいただいても困るわ。

うちには私と主人と、里美しかいないんだもの」

「あら、ご近所にあげればいいじゃない」

大道寺靖子はこともなげに言う。

「だって……」

と私は言いかけたが言葉を呑《の》んだ。それもそうだと思い直したのである。このケーキのおすそ分けが、それなりにご近所における私の立場を作っているところがあった。それにしてもこの女は、ちょっと常識の欠けたところがある。

「やあ、いらっしゃい」

そう言って愛想よく主人が応接間に入ってきた。大道寺靖子はソファから立ちあがるでもなく、主人に軽く会釈をした。私は手短かに主人を紹介した。腰をおろすと、主人はすぐに世間話を始めた。大道寺靖子が美人だから、まんざらでもない様子だった。私はお茶を淹れるために立ちあがった。

紅茶茶碗をお盆に載せて応接間に戻ってくると、夫と大道寺靖子とは、ずいぶん会話がはずんでいるふうだった。

「さて、先週高熱が出たそうですね」

夫が医者の口調になって訊いた。

「はい」

「その後、いかがなんですか？」

「ええ、もう大丈夫です。ちょっと風邪気味だったものですから」

「風邪でそんなに高熱が出ますか？」

「ええ時たま。私、体が弱いものですから」

「以前に大病をなすったことは？」

「特にありません」

「何か持病をお持ちですか？」

「いいえ、別に。先生、私のことはいいんです。主人のことが気がかりで」

「そうですか。ご主人、まだ病院ですか？」

「いいえ、もう家に帰ってきています。寝たり起きたりですけど」

「容体はいかがです？」

「だいぶいいみたいです。まだ時々変なこと、口走りますけれど。一種のノイローゼかなとも思ったんですけど」

「精密検査の結果は出たんですか？」

「はい」

「医者は何と言いました？」

「それがあのう……、梅毒というんですかしら……」

大道寺靖子はこともなげにそう言い、主人の横で聞いていた私は、一瞬衝撃で心臓が停まるような心地がした。たった今自分の耳が聞いた現実が信じられず、ちょっと目まいさえした。主人の顔をちらと盗み見ると、彼もさすがに蒼《あお》ざめたのが解った。瞬間言葉を失ったようだった。

私もどうしてよいか解らず、やはり言葉を失った。そして今後もう永久に、大道寺靖子に向かって言葉を発することなどできないような気がした。夫がそんな状態ならもう末期ではないのか。当然、妻である靖子にもうつっているはずではないか——⁉

いつのまにか、私の膝は震えはじめた。彼女の前に置いた紅茶茶碗をじっと見つめた。本能的に、それに口をつけないで欲しい、と願った。この先、自分はどうしたらいいのだろうと思う。このまま大道寺靖子と友人つき合いをしていけるのだろうかと強い不安にかられる。

「奥さん、そのことを、どなたかにおっしゃいましたか?」

夫が、さすがに緊張した声で訊いた。

「いいえ、まだ……。黙っていた方がよいのでしょうか」

「それは、その方がよいでしょう」

夫は、少し驚いているような口調で言った。

「奥さん、梅毒についての知識は、おありなんですか?」

「少し。性病なんでしょう?」

「そうです」

「私にもうつっているんでしょうか」

「そう考えた方がいいでしょう。ご主人は、そんな病気をうつされた心当たりはあるとおっしゃってますか」

「それがないというんです。もうこうなった以上、嘘も隠しだてもしない、心当たりがあれば言う。でもそんな遊びはしていないし、五年前に一度だけ、大阪で悪友に連れられてそんな場所に行ったことがあるが、自分は最後まではしなかったって言うんです」

「とにかく、奥さんご自身と、お子さんのことが心配です。血液検査はなさいましたか?」

「私ですか?　いえまだ……」

「下のお子さんは、何歳でしたかしら?」

「二つです」

「二つか……、出産はどちらで?」

「子供の頃からのかかりつけのお医者さんがありますから」

「子供の頃?」

「はい、母がずっと……」

「町医者ですか？」

「そうです」

「なるほど」

「あの、やはり血液検査はした方がいいのでしょうか？」

「もちろんです」

「でも……、治るんでしょうか」

「それは感染した時期によりますが……」

夫の顔が曇る。

「私、特に体に異常はないし……」

「しかし時々高熱が出るんでしょう？　それにお子さんです。お子さんが感染しているのかどうか、早急に調べる必要がありますね」

「はあ、そうなんですか」

「奥さん、梅毒という病気について、なにもご存じないんですか？」

「はい、よくは知りません」

「これは、怖《おそ》ろしい病気なんです。特に他人に感染させないようにしなければなりません」

夫はそう言って病気の説明を始めたが、少し迷っているようでもあった。もう治る見込みがないなら、あまりこの病気の恐怖をふき込んで、絶望的にさせるのも考えものと思っているようだった。

「あの奥さん、箱入り娘だったらしいから、梅毒がどんなに怖ろしい病気か、よく解っていないみたいだな」

大道寺靖子を玄関に送ったあと、夫が小声で言った。それから応接間のドアを開け、

「あの紅茶茶碗をすぐに熱湯消毒するんだ」

と私に言った。

「熱湯消毒ぐらいで大丈夫なの？」

「それは大丈夫。梅毒菌というのは、それ自身はとても弱い菌なんだよ」

私は大道寺靖子の飲んだ紅茶茶碗の受け皿の方を怖る怖る持ち、気味の悪い思いで台所の流しに運んだ。茶碗に、彼女の口紅の跡がべったりとついていた。その部分を見つめると、彼女には悪いが激しい嫌悪感が湧いた。

「ケーキは？」

「ケーキは大丈夫だろうが……」

「嫌《いや》！　私、捨てるわ！」

私は思わずそう言っていた。今まで、大道寺靖子にもらったケーキを幾度となく食べていることを思い出し、今さらながらぞっとする。まるでペテンに遭《あ》ったような気分だ。

「彼女、治るの？」

「むずかしいだろう、あの人のご亭主が病気をもらったのが事実五年前なら、ほどなく彼女にもうつっていると考えるべきだ。とすれば、もう治癒可能の時期はとうにすぎている」

「治癒可能な時期って？」

「一応、感染から二年以内はペニシリンで治癒可能とされている」

「じゃああの人……」

「うん、五年前だったらもう駄目だな」

「そう……」

「ご亭主が、頭までおかされているということは、五年前という可能性は大だね。一年や二年では頭まではあがらない。いずれにしても、子供二人のワッセルマン反応が陽性か陰性かでそのことははっきりする。上の子が陰性で下の子が陽性なら、その間、つまり二人が生まれた年の間に、奥さんは感染したことになる。いずれにしても、可哀相なのは子供さ。先天性ということになる。子供に罪はないのにね」

「陽性の反応ということが、梅毒にかかっている、っていうことね？」

「そう」

「奥さんが、うつっていないって可能性は？」

「それはまずないね。風邪をひいたくらいであんな高熱を出すくらいだからね」

「あれは梅毒のせいなの？」

「そう思うね」

「じゃあ彼女の子供二人は……」

「下の子は少なくとも危ないと思う」

「裕ちゃんが……、そう……。でも、病院で、血液検査はしないものなの？」

「大きな病院ならやるさ。でも町医者なら、それも子供の頃から気心の知れた医者なら、まさかと思ってやらないだろうなあ」

「じゃあ彼女も、そのうちご主人みたいに、脳がやられるの？　あと一年以内くらいに」

「いや、それは個人差があるからね、なんとも言えないんだよ。すぐに頭に昇る人もいるし、なかなかそうならない人もいる。それに彼女の場合は、これから可能な限り薬で押えるだろうしね」

「ねえあなた、私たちにうつらないかしら」

私にはその点が一番心配なのである。それに娘だ、娘にうつされないだろうか。私は半べそになった。こうなった以上、なんとかあの女と縁を切らなければと思った。

「うーん、それも感染の時期によるんだ。もっともよく人にうつす時期というのは、やはり感染後二年間、それも感染後三週間目、三カ月目、六カ月目、あたりがもっともよくうつすと言われている。しかしこれはあくまでめやすだからね、では二年をすぎればもう絶対にうつさないかというと、そうは言いがたい。それに子供が、現在感染後まだ二年以内という可能性もある。楽観はできないよ」

「嫌よ！　あなた、どうしましょう⁉」

「うん、まあ、できるだけ大道寺さんと関わらない方が無難ではあるな……」

夫は渋い顔でそう言った。

3

困ったことがあった。母親同士が仲よくしているせいか、私の娘の里美と、大道寺靖子の上の子の豊君とは、とても仲がよいのである。幼稚園ではいつも一緒に遊んでいて、友達からまるで夫婦みたいだ、などとからかわれるのだそうだ。

「夫婦⁉」

その生々しい言葉の響きに、私はぞっとする。もし将来現実にそんなことにでもなったら、とそう思うと、私はいても立ってもいられぬ気分になる。

里美と大道寺豊君とは、週二度、火曜日と水曜日、行動をともにしている。火曜日は英語塾、水曜日はスイミングスクールである。両方とも私の家のすぐ近所だったので、二人を送り迎えし、豊君を車で家まで送っていくのは、私の役目になっていた。

なんとかしなければ、と思う。時には里美は、ボーイフレンドである豊君を家に連れてくることがあった。そうして自室に連れて入って、台所セットでままごと遊びなどをしている。私は遠くからその様子を見ていて、気が気ではない。いつふざけてキスでもされないものかと考えると、胃が痛くなるのだ。

そして早々に彼を連れ出し、車で家まで送ると、車のシートや、家の中で豊君がすわったり触れたりしたあたりを、半狂乱になって消毒液で拭いた。それから里美を目の前に呼んで、こう懇願した。

「里美、ね、ママお願いがあるの。これから、大道寺豊君とあんまり遊ばないで欲しいの」

「どうしてェ？」

と案の定娘は不平を示す。これは当然だろう。子供の側にすれば、まったく理不尽な要求に違いない。

「どうしてもなの。ママの言う通りにしなさい！」

としか言えないのが残念である。

それから二人のおつき合いの様子をあれこれと聞きだす。豊君の家で、彼がしゃぶった棒つきのアメ玉をもらってしゃぶったことがあると聞いて、私は悲鳴をあげそうになる。なんてことだろう！　もう大道寺の家に遊びにやることなんてとてもできない。

「いい？　もう大道寺君の家に遊びにいっては駄目よ。仲良くしても駄目」

「どうしてェ？」

という娘の声をうわの空で聞き、私は必死で考える。もう二人の送り迎えも辞《や》めなければ。英語塾も、スイミングスクールも、日をずらそう。しかしそれにどんな言い訳を使ったものか――。

大道寺靖子がまたやってきた。蒼ざめた顔をして、手に洋酒の瓶を持っていた。あれから梅毒のことを医者に訊いたのか、それとも自分で勉強して知識を得たものか、とにかく自分が陥っている事態を認識したものとみえて、顔面は蒼白だった。それとも、これも病気のせいなのだろうか。

「具合が悪いの？」

私が訊く、

「ううん、大丈夫。ちょっと夫のことが心配で」

「あなたと子供さん、血液検査に行ったの？」

「え？　う、うん……、これ、甘酒作ったの。うちほら、お寺だから大勢の人がやってくるでしょう？　だからご飯余っちゃうの。だから余ったご飯で作った甘酒なの。おいしいわよ。私、甘酒作るの自信あるんだ」

それを聞くと、私はひそかに鳥肌がたつ。瓶を受け取る時、はたしてうまくお礼が言えたものかどうか、少しも記憶がない。

大道寺靖子は、私が血液検査のことを訊くと、何故か毎回話をそらした。そしてとうとう泣きはじめた。

「どうして私だけ？　どうしてうちだけこんな目に遭わなきゃいけないの？　どうしてなの？　私、何か悪いことしたの？」

それを聞いていて、これは靖子自身感染していたなと確信を持った。彼女が涙をこぼす時、私はその涙の一滴一滴の行方まで、じっと冷静に見きわめていた。あの中に毒が入っている、と思った。もしテーブルや床に落ちたら、あとで消毒しなくては、と思う。

「私、解らない。梅毒なんて病気があることも知らなかった。私、お嬢さん育ちだったから」

聞きながら私は、幼稚園での大道寺靖子の振るまいを思い出していた。母親会にベンツで乗りつけ、シルバーフォックスのコートをなびかせて一人平然としていた。他の母親が目をむいているのに、いっこうに無頓着だった。そうして露骨に私にだけ接近してきた。

懇談会などで発言を指名されると、その座の話題となんの関係もないことをとうとうと五分も十分もしゃべっていた。おかしな人だなと私は思っていたのだ。いわば奇行に近かったともいえる。私は彼女のそんなところを、わが道を行く痛快さと受けとめて興味を持ったのだが、実はあれもこの病気の成せるわざだったのだろうか。私は、妙な言い方かもしれないが、少し裏切られたような気分になった。

大道寺靖子が帰っていき、洋酒の瓶から、甘酒を勢いよく台所の流しにあけていると、里美がやってきてそれは何かと訊く。甘酒よと答えると、もったいない、飲みたいと言う。駄目よ！　ととっさに叫んでしまった。しかしすぐに思い直し、私が甘酒を捨てていたことを大道寺豊君に言われても困ると思って、このことは誰にも内緒よと、娘に念を押した。

「どうしてェ？」

とまた娘は言った。

「どうしてもよ、ママの言うことをききなさい」

としか、また言えなかった。


夫が帰宅して、大道寺靖子の夫についての情報を話してくれた。

「大道寺さんのご主人は、世田谷の国立第三病院へ担《かつ》ぎ込まれたらしいんだ」

「ああそうなの」

ビールを夫の前に置きながら、私は言った。

「あの病院の内科には大学時代の同期生がいるもんでね、いろいろと情報を聞いた。病院へ担ぎ込まれてからも、看護婦を殴ったり蹴ったりして大変だったらしい」

「まあ」

「頭が割れるように痛いと叫んではそういう乱暴をするんだな。ベッドにくくりつけて、鎮静剤を打ったそうだ。第四期の変性梅毒に進むと、そういう症状はよく出る。もっとも、少し進行の速度が早いんだがね」

「第四期？」

「うん。梅毒という病気の進行は、だいたい四つの時期に分けられる。第一期が感染からおよそ三カ月間、この時期を含む感染後二年間がいわゆる早期だね、この時期、患者は他人にもこの病気をよくうつすが、同時にペニシリンの投与でだいたい百パーセント治癒する。ペニシリンを打ち続けて、血液反応が陰性に転ずるのを待つわけだ」

「ふうん……、この時期を逃がすと？」

「二年をすぎるとまずもう治らないね。薬でせいぜい進行を抑えるだけだが、その効果も百パーセントの保証はできない」

「もし感染したら、自覚症状はあるの？」

「あるけど、ささやかなものなんでね、たいていみんな見逃すんだ。感染後三週間くらいを第一潜伏期と呼ぶ。この間、外陰部に初期硬結が見られたり、リンパ節が腫《は》れたりする。

それから続く三カ月ばかりを第二潜伏期と呼ぶ。いわゆるバラ疹、バラ色の痣《あざ》のような変色が皮膚に浮く。それから丘疹《きゅうしん》、膿疱《のうほう》、膿《う》みを含んだおできだね。こういう皮膚病的な疾患《しっかん》が三カ月から三年くらいの間、定期的に繰り返される」

「三年間……」

「うん、個人差はあるがね。そして不思議なことに、感染後三週間目、三カ月目、六カ月目が、もっともうつしやすいと言われている」

「へえ」

「感染後六週で、血液検査が陽性に反応するようになる。

　この第一期をすぎて三年間くらいまでを第二期と呼ぶ。その後十年目くらいまでが第三期だね。十年以上が第四期だ。このあたりから変性梅毒の症状が現われる。病気が心臓や神経系、脳にまで進んでくる。これを晩期とも呼ぶ。いわゆるゴム腫《しゅ》という症状が現われるのもこのあたりだ。顔がくずれるというので、昔から俗に言う、鼻が落ちるというあれだ」

　こともなげに言う夫の説明を聞いて私は、恐怖とおぞましさでわれ知らず顔が歪《ゆが》んだ。大変なことだ。もし自分の家族がそんなことにでもなったら大変だと思う。なんとかしなければ。私は家族を守る義務がある。

「子供がもし陽性だったら？　大道寺さんの下の裕君がもし生まれついて陽性だったら、もう治らないの？」

「いや、生まれて六カ月以内なら、陰性に戻すことはできる。でもその時期はもうすぎていると思うねえ」

「ああ……」

　なんて絶望的なんだろうと思う。しかし、罪深いことだが、ああ自分でなくてよかった、とやはり思ってしまう。

「大道寺さんのご主人、どうするの？」

「ベッドが空いてなくてね、いったん帰したが、明日から一カ月ばかり入院させると言っていた」

「どんな症状？　倒れたんでしょう？」

「そうらしいが、以前から奇行が目だっていたらしい。タワシを百個も買い込んできたりね、パジャマを着たり脱いだりするらしい」

「パジャマを？」

「うん、朝起きても、しばらく寝床の上でぶつぶつ言って、着替えないらしいんだな。無理に着替えさせて食事をさせて、ふと見るとまたパジャマを着込んでいるらしい。そんなことを繰り返すんだな」

「へえ……」

「病院へ向かうタクシーの中でも、まだ走っているうちから、運転手に金を払わなければ、金を払わなければ、というようなうわ言を言い続けたらしい」

「そうなの……」

4

翌日、また大道寺靖子がやってきた。思い詰めたような蒼い顔をしていた。さすがに彼女は近頃こんな表情をすることが多くなった。当然だろう、彼女も何年かあと、夫と同じ道をたどることが充分考えられるのだ。それともゴム腫の症状が現われ、顔がくずれるかもしれない。

　夫がまた今日から入院したと言った。あらそうなの、と私は言っておいたが、それはもう夫から聞いてすでに知っていたことである。

「大道寺さん、私は医者の妻だから」

と私は彼女を慰めるつもりで言いはじめた。

「患者さんの秘密を守る義務があると思うの。あなたやご主人のこと、私決して誰にも言わないから安心して」

　そう言うと大道寺靖子は、一瞬きっと私を睨《にら》むような視線を送ってきた。すぐに彼女の視線は柔らかくなったが、私はしばらくの躊躇《ちゅうちょ》のあと、彼女のこの表情の理由に思いいたって、しまったと思った。私は、「ご主人のこと」と言えばよかったのだ。それを「あなたやご主人のこと」と言ってしまった。妻である靖子にも当然病気がうつっているだろうという自分の考えが、つい言葉に出てしまったのだ。

「ありがとう」

　と大道寺靖子は柔らかな口調で言った。その伏し目がちの表情には、私のその言葉に、心から感謝しているという様子があった。

そうしてくれてもいい、と私は思った。私は実際彼女に同情していたし、心から本気でそう言ったのだ。幼稚園の母親仲間にこの秘密を洩らすなど、考えてもいなかった。

大道寺靖子は、膝に置いていた風呂敷包みを取りあげ、テーブルの上に置いた。何だろうと私が思っていると、

「これ、今朝私が作った鮭寿《さけず》しなの。私の自慢の手作りで、親戚一同でも評判がいいのよ。だから、食べてね」

と言ったのである。

瞬間、私は血が凍るような心地がした。いったい何を考えているのだろう、この女は、と思った。それまで自由が丘Aのケーキしか持ってこなかった女が、自分が梅毒と知られた途端、手作りのものしか持ってこないではないか。これはいったい——!?

その夜、帰宅した夫に、大道寺靖子が手作りの鮭寿しを持ってきた話をすると、夫はのんびりした口調で、

「ああそりゃ感謝してるんだろう? いろいろと相談に乗ってもらっているから」

と言いだした。

「なに言ってんの!」

私はつい悲鳴のような大声をあげた。梅毒の話を聞いて以来、私の感情は高ぶりが

ちなのだ。

「なに言ってんのって、なんだ？」

「あの女、私たちにうつそうとしているのよ！　梅毒を！」

　夫は絶句し、口をあんぐりと開けた。

「ええ？　まさか……」

「そうに決まってるじゃないの！　それまでケーキしか持ってこなかった女が、どうしてあれからせっせと手作りのものばかり持ってくるの？　まさか手作りの心のこもった贈り物をしようと思っているなんて、言うんじゃないでしょうね」

「いや……」

「心じゃなくて、梅毒菌がこもっているのよ！」

「おい、大きな声出すなよ、里美まだ眠ってないんだろう？」

「眠ってるわよ！　まったく冗談じゃないわ。あの女うちにやってきて、どうして私ばっかり、どうしてうちばっかりこんな目に遭うのって、それしか言わないのよ。そんなこと私に関係ないわよ。だからって、人にまでうつされたらたまんないわよ」

「まさか、ちょっとおまえの考えすぎじゃないのか？」

「考えすぎなもんですか。あの女の考えてること、手にとるように解るわよ。あの女、今悔しくてしょうがないのよ。ああ失敗したって、地団駄《じだんだ》踏んで悔しがってるわよ。

梅毒のことよく知らなかったから、ついうっかり私たちに相談して、知られてしまったのよ。だから私たちにもうつしてしまえば、お互いの秘密になるから、自分の秘密も守れると思ってるのよ」

「……」

夫は考え込んだ。

「ねえあなた、私怖いわ。このところ、夜も眠れないのよ。私たちにもこんな手に出るんだもの、里美に何されるか解らないわ」

「う……ん」

「どこか引っ越してくれないかしら。幼稚園も替わって……」

「ぼくらが幼稚園を替わろうか」

「嫌よ！　あの幼稚園、幼稚園予備校にまで通わせて、やっと入れたんですもの。簡単に替われるもんですか。向こうが替わるべきよ、越境入学みたいなものなんですもの」

「うーん、どうしたものかなあ」

「とにかく私、あの女《ひと》とのおつき合い、いっさいやめるわ。英語塾とスイミングスクールの送り迎えもやめる。そして、豊君と遊ぶのもいっさいやめさせなくっちゃ、里美に」

「ああ、でも里美にできるかな」

「やらせるのよ、それしかないわ！」

それから私は夫と二人でビールを飲み、一人でお風呂に入った。服を脱ぎ、湯ぶねに沈んでからふと自分の体を見ると、お腹と乳房のあたりに、濃いバラ色のだんだら模様が浮いているではないか。バラ疹――⁉

私の血は逆流し、激しく水音をたて、湯ぶねの中で立ちあがっていた。バスルームのドアを開け、大声で夫を呼んだ。

「あなた！」

「ああ？」

と遠くでのんびりした夫の声がする。少し酔っているのだ。

「ちょっと来て！　すぐ来て！」

赤い顔をして面倒臭そうにやって来た夫に、私は自分の体を見せた。

「あなたこれ」

「なんだ？　これって」

「バラ疹じゃない⁉」

夫はちょっと私のお腹のあたりを凝視したが、じきに大声で笑いだした。

「違うよ、それは」

「違うの？」

「違う、違う。そりゃさっきおまえ、ビール飲んだからだよ、だから赤くなってんだ」

私は心からほっとした。へなへなと、床にすわり込みたい気分だった。

と同時に、もう嫌だ、と叫びたい気分にも襲われる。こんな思いをするのも、みんなあの女のせいなのだ。

しかし、本当に私はまだ大丈夫なのだろうか。

「ねえあなた、私、心配だわ。怖くて怖くて、夜もおちおち眠れないのよ、血液検査した方がいいんじゃないかしら。里美なんかも。里美なんて、豊君がしゃぶったアメ玉をもらってしゃぶらされたりしているのよ」

「うん、だが……」

夫は、私がそう言うと笑いをおさめ、顔が曇った。

「ぼくが自分の病院に、俺たちの血液を出すのか？　何と言って？」

「そうね」

「別の病院へ持っていくか、それとも名前を隠して出すしかないが、異常がなければいいが、万が一陽性なんてことになれば、どうせ解ってしまう」

「……」

「そうなったら、ぼくは馘《くび》だ。当然だがね」

「でも今なら、万が一感染していても治るんでしょう？　二年以内なんだから……」

そして私は、大道寺靖子と知り合った頃のことを思い返してみて、たちまち愕然《がくぜん》とした。彼女と知り合ったのは幼稚園予備校の頃のことで、その後幼稚園は二年保育なので、すでにもう彼女とのつき合いは二年以上が経過しているのだ！

手遅れ⁉　大道寺靖子とは、あまり親しくなかった予備校時代でさえ時々話し込むくらいのことはしていた。そして二、三回程度なら、喫茶店に入って一緒にお茶を飲むくらいのことはした記憶がある。もし梅毒が空気感染もするものなら――。

「ねえ、梅毒って空気感染もするものなの？」

「いや、そういうことはまずないね」

夫は言ったが、自信がなさそうだった。

5

それからというもの、私の梅毒ノイローゼは続いた。唇に腫れ物ができたといってはとびあがり、背中に湿疹ができたといっては蒼くなった。

血液検査をしなくてはと思うが、検査をして万一感染していたらと思うと、怖くてとても病院に行く勇気が湧かない。それにどんな町医者に行っても、夫の病院と横のつながりがあるかもしれない。万一のことがあっては、夫に迷惑がかかるのである。

大道寺靖子は相変わらずで、電話をしてきたり、直接やってきたりした。そしてそのたび、やれ漬け物を漬けたと言ったり、ちらし寿しを作ったと言っては持ってきた。まるで私が恐怖するのを楽しんでいるかのようで、その鉄面皮ぶりには、私もすっかり鼻白んだ。よくあんな見えすいたことがやれるものと思う。彼女はすっかり狂っているのだ。もちろん私は、ただのお米一粒も口にはしなかったが。大道寺靖子がせっせと運んでくるものを、そのまませっせと捨て続けた。

まるっきりの贈り物攻勢だった。以前はケーキだけだったのに、私たち夫婦が彼女の病気を知って以来、彼女は狂ったように私に贈り物を運んでくるのである。それもすべてなま物である。やって来る回数も以前よりずっと増えた。しばらく来ないなと思っていると、たいてい熱を出して寝ているのである。

そしてやって来ると、言葉巧みに私や、特に夫の好物を知りたがった。夫の好物を作ってきてやろうと考えているのがありありだった。むろん私は、口が裂けても教えるつもりはなかったが。そしてそのくせ、豊君や裕君の血液検査の結果はと訊くと、のらりくらりと言葉を濁して、決して言おうとしないのである。

私はすっかり悩んでしまった。なんとかしなくてはと思う。こんな女の接近を受け入れてしまった自分を悔やんだ。なんとかつき合いを絶たなくてはならない。しかしうまい言い訳がないのだ。これが娘の幼稚園のことがなく、家がアパートなら、さっさと引っ越してしまうところだが、とてもそうはいかない。幼稚園は苦労して入れた名門だし、家は今まで苦労してお金を作り、購入したものだ。まだローンが半分残っている。したがって行動は慎重にしなくてはならない。彼女は今、まさに手負いの獣にも似たところがある。ヒステリーを起こせば、もう自分の命など惜しくないと思うかもしれないのだ。捨て身で、どんな攻撃に出てこないとも限らない。大変な女に関わったものだった。

しかし私はある日、とうとう娘と豊君の送り迎えのことに関して、言わないわけにはいかなくなった。彼女が、スイミングスクールを水曜だけでなく、金曜日にも行かせたいと言いはじめたのだ。だから両方とも一緒に行かないかと言う。

「あのね、大道寺さん」

と私はわが家の食卓に腰をおろしている大道寺靖子に向かって切りだした。この数週間で、彼女はげっそりとやつれたようだった。

「うちの方もちょっと忙しくなっちゃって、だから、英語塾とスイミングスクールの豊君の送り迎え、もう……、ちょっともう、辞退させて欲しいの」

そう私が言うと、やはり大道寺靖子の顔色が変わったようだった。

「ごめんなさい、勝手言うようだけど」

しかし勝手ではないと私は思った。今まで好意で、私は彼女の息子を送り届けてやっていたのだ。ここで辞退したところで、決して不誠実ではないと思う。そして、大道寺靖子は、するといきなり椅子をがたつかせて立ちあがった。

「あら、私はいいのよ」

とひと言言った。意味がよく解らなかった。

「私はいいのよ、私はいいの」

その言葉の調子には、憤りを強《し》いて押し殺しているような響きがあった。案の定、靖子は腹をたてたのだ。それから彼女はさっさと玄関に向かった。私はしたがい、彼女の背中を眺めながら、今までのことはありがとうのひと言があってもよいと思った。私は別に里美一人の送り迎えをしてもいっこうによかったのである。遠い大道寺の家まで豊君を送っていくのは、それなりに負担だったのだ。

彼女は笑顔ひとつなく、さよならのひと言もなく、玄関を出ていった。やりきれない思いで食堂に戻ってくると、食卓の上に、彼女が持ってきたはまちの刺身が載っていた。私はそれを、急いでゴミ箱に捨てた。

スイミングスクールの、豊君の送り迎えをやめると同時に、私は水曜の日にちを土曜日に変えさせた。英語塾はスケジュールのやりくりがつかないのでそのままにした。そうして里美の送り迎えに一人で行っていると、スイミングスクールの若いインストラクターの青年に、土曜日には親子でのスクールがあるのですよ、と教えられた。よかったら入りませんかと言う。

土曜日、私が水着に着替えて里美と二人、プールに入っていると、なんと大道寺靖子が現われたのである。彼女も水着を着て、豊君を連れていた。そしてざぶんと私の隣りに入ってくると、ひどくにこにこして、私も土曜に変えたのよ、だって土曜日は親子スクールがあるんですものね、と言った。その様子はうきうきして、むしろはしゃいでいるように見えた。私は薄気味悪いものを眺めるような気分で、その一時間、インストラクターの号令もうわの空だった。

まったく大道寺靖子のいけしゃあしゃあぶりは、驚くほどだった。プールからあがり、シャワーを浴びている時も、体を拭き、更衣室で洋服に着替えている時も、彼女は私のそばを片時も離れようとはしなかった。そしてスクールを出ると、目の前の喫茶店を指差して、あそこでお茶を飲みましょうよと誘うのである。私は口実を作り、ほうほうのていで家に逃げ帰った。

豊君を送っていかなくてもよいなら、スイミングスクールは家から近いので車を使わなくてもよいのである。里美の手を強く引き、せいぜい早足で歩きながらふと振り返ってみると、やっぱりついてきている。私は震えあがる。角で立ち停まり、大道寺靖子がやってくるのを待って、

「なあに?　なにかご用?」

と私は彼女にきつい口調で問いかける。

私がふいに角から顔を出したので、さすがに彼女も内心ぎくりとしたようだったが、すぐに平静な様子になり、唇に笑みまでたたえると、

「ちょっとそこまで。私もこっちに用事があるんだもの」

と言った。

「どんな用事よ」

私もさすがに言葉の調子が険しくなった。

しかし大道寺靖子は、ちょっとそこまで、としか言おうとしない。

「今日車は?」

私が訊く。

「今日は車じゃないのよ」

彼女は答える。しかしそんなはずはないのである。彼女の家であるお寺は、私鉄の駅からずいぶん離れているし、ここ上野毛までも距離がある。車を使わないでやって

くるはずもないのだ。

「あんまりつきまとわないで！」

その言葉が、喉《のど》まで駈けのぼった。しかし私は言葉を呑み、大道寺靖子の前でさっと踵《きびす》を返すと、家の方へ向かった。里美が、豊君と話したそうにした。が私はそれを許さず、娘の手を強引に引いた。私の剣幕に娘がしばらく黙って歩き、やがて怖る怖る私の服の裾を引いて、

「ねえ、どうして豊君と話しちゃいけないの？」

と訴えるのを無視した。豊君の方は、靖子がどう言いきかせているのか、じっとおとなしくしていた。

家にこもってしまい、玄関横の小窓から時々顔を出して表を見ると、大道寺靖子が息子の手を引き、路地の角にじっと立っているのが見えた。家にやって来る様子はなかった。何をしているのか。もし玄関にやって来たら入れたものかどうか、と私は内心で悩んでいた。しかし三十分もすると、彼女たち親子の姿は道から消えた。ほっとすると同時に、あの女は狂っている、と私はあらためて思った。

いや、これはもう文字通り狂っているのだ。性病が、すでに頭まで来ているのかもしれない。

家に帰ってきた夫に、私はその日あった出来事を話した。しゃあしゃあと、大道寺靖子も自分を追ってスイミングスクールの曜日を変わってきたこと、それから、自分の跡をつけてしばらく家の前に立っていたこと――。すると私は、夫の顔が曇っていることに突然気づいた。

「どうしたの?」

私は尋ねる。

「いや……」

夫は口ごもった。

「なによ、言ってよ」

「いや、まさかとは思うが……」

「なに?」

ざわざわと胸が騒ぎはじめる。今日見た大道寺靖子の妙に愛想のよい笑顔が思い出される。

「まさかとは思うが、おしっこをしてないだろうな……」

「え?」

意味が解らない。

「いや、近くにいて、プールの中でおしっこをされると、病気が感染する可能性があるぞ」

私は全身に冷水を浴びたような気分になった。やりかねない！　と思った。あの女なら、当然やりかねない。

そうすると、あの女の妙ににこやかだった理由が、はっきり理解できる気がした。彼女も、この怖ろしい病気のことはずいぶん勉強しただろう。だから、私が自分から土曜日にスイミングスクールを変わったことで、私に病気をうつすこれ以上ないうまい方法を手に入れたのだ。

私は膝が震え、即座にシャワーを浴びたい気分にとらわれた。今日、されたに違いないと確信した。私も、そして里美も心配だ。目の前が暗くなった。

「あなた、どうしましょう……」

私は泣き声になる。

「大丈夫、そんなに心配しなくても大丈夫だよ」

夫は意味もない慰め方をした。検査に行かなければ、やはり検査に行かなければ、と思う。そうして、とにもかくにもうスイミングスクールはやめなくては、と思った。

しかし、やはり検査の踏んぎりがつかないのだ。もし感染していたら、たとえまだ陰性に転じることができる期間内であったにせよ、夫は職を失う。こうなると、医者というのはかえって不便なものだ。それに、もしプールでうつされたとしたなら、あと六週間待たなければ、血液検査で陽性に反応しない。今すぐ検査に行っても意味はないのである。

6

大道寺靖子からは相変わらず三日とあげず電話がかかってきた。そして会いたいからお宅へ行ってもいいかと問う。私はそのたびに理由をつけて断わった。すると玄関のドアの前に、手造りのお寿しがヴィニールの風呂敷に包んで置かれていた。私がそれに気づかないふりをして、玄関脇の小窓から表の路地を見廻してみると、ずっと離れた電信柱の陰に、豊君と手をつないで立っている大道寺靖子の姿が見えるのである。

私はスイミングスクールに取り消しの電話を入れ、切ってから自分の不運を呪《のろ》った。まったく何故こんなことになってしまったのか。ただ医者の妻というだけで、別に自分が望んだわけでもない他人の秘密を知ってしまったのだ。自分に思慮が足りなかったとは到底思えない。健康上の問題で相談があると言われれば、相手が友人なら当然相談に乗ってやるはずではないか。その内容が、あれほどに絶望的な病気についてだなどとは思いもしなかった。自分の仲間として普通に暮らしている主婦が、あんな怖ろしい性病にかかるなどと、どうして私に想像ができるだろう。そもそも私は、梅毒についての知識は一応あるにはあったが、こんな平和な日本になど、あんな病気はもうなくなってしまったのかと考えていたくらいだ。それが自分のすぐ鼻先に、ふいと突然、その怖ろしい姿を現わしたのである。

しかし悲劇というなら、考えてみれば大道寺靖子の立場こそ、怖ろしい悲劇であり、不運というべきだろう。彼女がいつも自分で言うように、彼女自身が別に何をしたというわけではないのだ。病気をもらってきたのは夫であり、彼女は実際にお嬢さん育ちだから、そんな恥ずべき性病の知識などは本当になかったのだろう。だから軽い気持ちで私たち夫婦に相談した。ところがその後知識が増すにしたがい、自分がどんなに軽率な間違いをしでかしたかが解ってきたのだろう。彼女こそ、どこがどう思慮が足りなかったというわけではないのだ。ごく普通に行動をしただけなのにもかかわらず、彼女は、命にかえても隠しておかなくてはならないほどの重大秘密を、私という主婦仲間に知られてしまったのだ。しかもどうやら彼女たち夫婦の病気は、もう手遅れらしいのである。

私は里美の幼稚園の母親会に出かけていく。母親たちがぐるりと丸く腰かけた背後に、大道寺靖子がぽつんと立っている。私の姿を見つけると寄ってくる。やむを得ず私は、彼女と並んで腰をおろす。母親たちは、お茶をすすりながらポツリポツリと発言している。私は自分の前に置かれた湯呑み茶碗も気になり、口をつけることができない。大事な母親会も、すっかりうわの空ですごしてしまう。

その時だった。隣りの大道寺靖子が、あらぬ方向を眺めながら、誰に言うともなくひと言、こんなふうにつぶやいたのだった。

「髄膜炎の初期症状だったらしいのよねえ……」

まるで歌うような口調だった。

「え?」

私は聞きとがめ、大道寺靖子の顔を見た。彼女は相変わらず天井の隅をぼんやりと見つめていて、また同じことを、聞こえるか聞こえないかの声量で言った。

「髄膜炎の初期症状だったのよねえ……」

私は首をかしげ、しばらく靖子の横顔を見ていた。すると靖子は突然立ちあがり、子供の教育問題についての発言を始めた。みな一様にびっくりした。すでにその議題はすんでいたからだ。

母親会が終ると、私は大道寺靖子から逃げるように、急いで家に帰ってきた。一人になると、ようやくさっきの靖子の発言の意図が解った。彼女は、夫の発作を梅毒のせいではなく、もっと安全な理由によるものと私に訴えたかったのであろう。だが私の夫が医者ということもあり、ついあんな自信なげな発声になった。無駄と知りつつやったのかもしれない。

それにしても彼女は、明らかにもうおかしい。末期が近づいているのかもしれない。私はいたたまれず立ちあがり、とうとう夫にこう電話をした。

「ねえ、私、やっぱり血液検査に行きたい。どんな病院に行けばいいの？　内科でもいい？　小さな町医者をみつけていくわ」

「そうだな、そうした方がやっぱりいいだろうな。女は内科でもいいんだが、やはり泌尿器科《ひにょう》科の方がいいだろうな」

泌尿器科――、ぞっとするようなその響き。

「解ったわ、電話帳で探していく。ところでねえ、大道寺さんのご主人、髄膜炎の初期症状ってことはないんでしょう？」

私は尋ねた。

「髄膜炎？　ないよ。担当の医者から直接聞いたんだ。何で？」

私は今日、母親会での靖子の様子を話した。夫は感心していた。

「なるほど、よく調べたな。彼女そりゃ相当勉強してるぞ。確かに彼女のご亭主の症状は、髄膜炎の症状と共通している。なるほどな」

私は感心するどころではなかった。ますます恐怖して受話器を置いた。

すぐに職業別電話帳を繰り、泌尿器科の開業医を探す。

電話帳の上では、いくらでも探しだすことができる。しかし、上野毛の街ではいつ誰に見られるか解らない。どこかよその街にしなければと思う。

しかし、かといって渋谷や新宿はまた嫌だった。あまり人通りの多い街で、通行人をかき分けて病院へ入るような真似はしたくない。できればひっそりとした街で、しかも路地裏で看板をあげているような、そんな開業医がいい。

私は、上野毛からうんと離れた荻窪《おぎくぼ》に、そんな開業医を見つけた。私は学生時代荻窪に住んでいたことがあり、この街なら少し土地勘がある。しかし今はもう街に知人の類《たぐ》いはいないし、なにより幼稚園の主婦仲間たちからうんと離れている。あの街なら安全である。

翌日、里美を幼稚園に送って戻ってから、私は一人荻窪へ向かって出かけた。車にしようかとも思ったが、病院の周囲に駐車ができない時のことを考え、電車にすることにした。

上野毛の駅に向かって歩いている時だった。一本の路地を横切る時、ふと足が停まった。白いベンツが駐車しているのが見えたからである。私は首をかしげた。大道寺靖子のベンツによく似ていたからだ。運転席に人かげはない。しかしベンツなどいくらでもあると思い直し、私は駅へ急いだ。

あらかじめ東京都区分地図で調べておいたので、そのNという泌尿器科はすぐに解った。想像した通り駅からはずいぶん離れていて、閑静な住宅街にある。

人目をはばかり、入口のガラス扉を押してさっと中に入り、そして驚いた。待合室をぎっしりと患者が埋めていたからである。ソファだけでは足りず、折りたたみ式の椅子が診察室のドアの前の廊下にまで並べられ、それらすべてを陰気な顔の人々が埋めていた。私は小声で血液検査をお願いします、と受付で言い、どこかの椅子が空くまで壁にもたれて立っていなくてはならなかった。

こんな医者へくるのははじめてだったので、緊張で息苦しいほどに動悸《どうき》が打った。待合室を見廻すと、老人もいれば学生もいる。女子高生らしい女の子の姿もある。もしかしてこの人たちはみんな梅毒なんだろうか、と考える。たとえそうでなくとも、何かの性病なんだろうか。そう考えると、老人の首筋に浮いた褐色のしみも、性病のあかしのように思われて、足が震えるような恐怖が湧く。こうして同じ部屋に立っていて、うつったりしないものだろうか、などと考える。一分一秒でも早く、部屋を逃げ出したい気がした。ひどくみじめで、泣きたいような思いだった。

遠くでかすかに、……さん、と私の名前が呼ばれたような気がした。看護婦の声だったが、そら耳かもしれないと思い、しばらく返事をためらっていた。するともう一度名を呼ばれた。

「はい！」

と私があわてて大声を出すと、待合室の陰気な患者の群れが、さっといっせいにこちらを見た。

診察室、とカードのさがったドアの前まで、私は折りたたみ式の簡易チェアにかけた人たちの膝先を、そそくさと歩いていった。大勢の視線が追っているのを感じた。

診察室に入ると、まだ三十を少し出たばかりにみえる若い医者が、私をちらと見て、目の前のスツールを手で示した。自分と同じくらいの年齢だろう、苦手だな、と思う。またひとしきり動悸が高くなる。

「どうしました？」

と彼はやや冷たい口調で言った。

「血液検査をしていただきたいと思いまして……」

と私は消え入るような声で言った。

「これは危ないな、と思われたのはいつ頃のことです？」

彼はそう訊いてきた。思い返してみる。そんなことは解らない。

「それが……、よく解らないんです」

「解らない？」

そう言って医者の目が、一瞬きらりと光った。私はその理由がすぐには解らなかったが、しばらくの躊躇《ためらい》ののち思いいたった。そしてうろたえた。彼は、私がそんなに大勢の男と関係しているから、いつ、どの男に性病をうつされたか解らないと言っていると思ったのだ。そうではない！　私は悲鳴をあげたい気分で、どう説明しようかと焦った。

「異常なおりものなどでパンティが汚れることはありませんか？　そういうことなら診察しますよ」

私は恥ずかしさで顔に血が昇る。

「いえ、いいんです！　そんなこと、ありませんから」

大急ぎで、叫ぶようにそう言う。すると腕から血を採られた。

「あの、ワッセルマン反応の結果は、いつ頃出るんでしょうか」

私は誤解を解こうと思い、すこしでもインテリに見えるように、そんな専門用語を言った。

「そう、ワッセルマン反応は一番遅いんです。豚の血を混ぜる新方式など、三つの検査を一応やりますのでね……」

そう言って医者は、壁のカレンダーにちらと目をやった。

「あさってが土曜か、ちょうど土日が入ってしまいますね、だからこれは……、月曜日だな。月曜日に電話を下さい、結果をお報《しら》せしますから」

医者はこともなげにそう言い、私は別の恐怖でまた心臓が打ちはじめる。

7

その夜だった。珍しく早く帰宅した夫の上着を脱がせると、ぷんと、確かにどこかで嗅いだ記憶のある匂いがした。夫の体からこんな匂いがしたのははじめてだった。

「ん、どうしたんだ?」

驚いて手が停まっている私の方を向き、夫がそう言った。

「あなた……」

せっぱつまったようなささやき声になった。まさか……、喉まで昇ってきた言葉を呑んだ。徐々に、私は気づきはじめていたのだ。この匂い、これはジョイの匂いなのだ。こんな高級な香水をつけている女は、私の知る限り、周囲には大道寺靖子しかいない。

「今日、何してきたの?」

そんな言葉になった。

「何って、どういう意味だ？」

夫はそう言って、そそくさとバスルームの方へ行こうとする。

「風呂、沸《わ》いているかい？」

「ちょっと待ってよあなた！」

激しい声が出そうになるのを、かろうじて抑えた。

「なんだよおまえ、いったい何が言いたいんだ？」

「今日、銀座でも行ったの？」

私は言った。そうあって欲しいと強く願った。しかし夫は、

「行かないよ、酒なんて飲んでないだろ」

と答えたのである。銀座へ行っていてくれた方がどんなによかっただろう。銀座なら、ジョイをつけている女も、いておかしくない。そして万一その女とねんごろになったとしても、私はちょっとヒステリーを起こすくらいで、結局夫を許しただろうに。銀座へ行っていない、酒など飲んでいないという夫の返答は、私にはむしろ絶望だった。その返答はある絶望的な疑惑へと私を誘う。

「あなた、こっちを見て」

私はうるさそうにしている夫の両肩を摑《つか》み、無理やり自分にねじ向けた。

「なんだ？　おまえ何が言いたいんだよ？」

夫は私から目をそらしたままで言った。

「私、今日、血液検査に行ってきたのよ」

私は言った。思いがけず、声が震えた。泣きだしそうになっている自分に気づいた。

「ああ、そうらしいな」

「私、すごくみじめだった。あんな、性病の人たちにまじって、ううん、そうじゃないかもしれないけど、下着が汚れたりしないかってお医者さんに訊かれたりして」

「解ったよ、それがどうしたんだ？　おまえ、何が言いたいんだ？　はっきり言わなきゃこっちは解らないじゃないか」

「はっきり言えですって？　はっきり言っていいの？」

「ああ」

「大道寺靖子よ、あなた、今日、大道寺靖子に会ったでしょう」

私がそう言うと、夫は内心びっくり仰天したようだった。何故解ったのだという顔をした。

「ああ、それがどうした？　彼女のご主人の病気の相談を受けただけだ」

夫は開き直り、ふてくされた声を出した。瞬間、私は大道寺靖子の顔を思い出し、怒りで体が震えた。

「相談を受けただけですって？　それだけなの？　本当にそれだけ？」

「ああ当然だろう？　ほかに何をするって言うんだ？」

「じゃあ何故このワイシャツに、あの女の香水の匂いがついているの？」

夫はそれを聞くと、しまったという顔をした。なるほどそういうことかと気づいたようだった。

「私が今日、泌尿器科へ行って、あんな恥ずかしい思いをしたのは誰のせい？　あの女のせいじゃない。あの女、私たちに梅毒をうつそうとしているのよ⁉　あなた、それ解ってるんでしょう⁉」

「あの人は梅毒じゃないよ、ご主人がかかっているだけだ」

夫のその言葉を聞き、私は息が停まった。夫もあの女に洗脳されたのだ、と思った。

「どうして解るの⁉　血液検査したの⁉」

激しく声が震え、涙が出た。

「あの人がそう言った」

怒りで声が出ず、肩だけが激しく上下する。

考えてみれば梅毒をうつすなど簡単だ。食べ物などという迂遠《うえん》な方法を採らなくても、相手の亭主と寝てしまえばそれでよいのだ。簡単にして、最も確実な方法だ。

「まさか、まさかあなた、あの女と寝たんじゃないでしょうね」

「なにを言ってんだ、俺は医者だぞ」

夫は妙なことを言った。

「医者だからどうしたのよ！」

「病気をうつされるようなヘマをするか！」

「じゃあどうしてそんな危険なことするの⁉　自重してよ。あなたは私や里美を守る義務があるのよ、もし万一のことがあったら……」

「解ってるよ、うるさいな！　避妊具をつけてやればうつりゃしないんだよ！」

思わず口をついて出た、といったふうだった。

「じゃ、あなたやっぱり！」

悲鳴と一緒に、私は言った。震えは全身に及び、怒りで目の前が暗くなった。立ち続けている自信がなくなって、壁に右手をついた。

「違う、違うよ！　たとえばの話さ。たとえそうしたとしても、っていう意味だよ」

「セックスだけじゃない、そうなったら、キスにしても、方法はいくらでもあるわよ。あなた、それが解らないの⁉」

ヒステリーが起きた。悔しくて悔しくてたまらなかった。夫の、頰に少し肉のついた血色の悪い顔を見た。そんなに、そんなにあの女がいいのだろうか。少々誘惑されたくらいで、あんなに怖ろしい病気を持っていると解っているのに、男はセックスなどする気になるのだろうか。解らない。どうしても解らない。まして夫は医者なのだ。

「セックスなんかしてないよ、誤解だよ、おまえの誤解だよ」

「じゃあ抱いてよ、今すぐ。ただし、あれつけてよ」

「なにを言ってるんだ。里美だってまだ起きてるだろう」

「じゃあ今夜、眠る前にしてくれる？　できる？」

「くだらん、もう風呂に入るぞ」

夫は私の腕を振り切り、寝室を出ていった。私はしばらく悔し涙にくれた。夫に手を出されてはどうすることもできないのだ。

その夜、私は夫のあと、どうしても湯ぶねに沈む気になれず、服を脱いで浴室に入ると、真っ先に湯ぶねの栓を抜いてしまい、シャワーですませた。里美の体もそうやって洗った。

「ねえ、どうしてお風呂に入らないの？」

娘は無邪気にそう訊いてくる。どうしてもよ、と私は答えた。最近、娘とはこんな会話ばかりしている気がする。

里美を寝かしつけてから、私はどうしても寝室で夫と二人で眠る気になれず、六畳の和室に布団を敷き、一人で眠った。もう夫も、自分側の人間ではなかった。

翌日の金曜日、私は歩いて幼稚園へ里美を迎えにいった。幼稚園の門が見えてくると、ちょうど里美が門を出てくるところだった。

「里美！」

と声をかけようとして、私は体が凍りついた。あげかけた右手が空中で停まった。

里美のすぐ後ろから、大道寺豊君が歩いてきていた。大きな、棒つきのぺろぺろキャンデーをしゃぶっていた。それを今口から離し、里美に向かって差し出したところだった。里美がそれを受け取り、口にもっていこうとした。

「里美、駄目！」

大声を出していた。全力で駈けだしていた。そして里美の前に到着しざま、娘の右手のキャンデーをはじきとばしていた。

里美は一瞬、なにがどうなっているのか解らないといった表情をした。それから、泣くために次第に顔をゆがめた。私はあわてた。なんとかうまい言い訳を思いつかなくては、と焦った。

「また買ってあげるから、ごめんなさい、また買ってあげるからね」

必死でそう言いつのっていると、すぐ近くで火がついたように泣きだす声がした。大道寺豊君だった。

「ごめんなさい、豊君、ごめんなさい」

私は靖子の息子にそう言って謝った。よほど、今から別のキャンデー買ってあげるからどこかお菓子屋さんに行きましょう、と言って彼の手を引こうかと思ったのだが、どうしてもできなかった。気持ちとしてはそうしようと思うのだが、手を握るのが怖く、体がちっとも動かないのだ。それで私は、

「ごめんなさいね、豊君、じゃあまたね」

とそう繰り返しながら、結局里美の手を引いて彼をそこに置き去りにしてしまった。逃げるように、幼稚園の前の道を家に向かって歩きだすと、幼稚園の園庭の隅に、母親会で時々見かける母親が一人、じっと私の方を見ているのが解った。しまった、今の一部始終を見られた、と思った。背後で、大道寺靖子の息子はまだ泣いている。どうにも弁解のむずかしいことをしてしまった。胸騒ぎがした。面倒が起きなければいいがと思った。

8

翌土曜日の母親会に出かけていくと、案の定彼女たちの様子がおかしかった。おしゃべりに花が咲いているふうだったのに、私が入っていくとぴたりと声がやむ。大道寺靖子の姿は見えなかった。また熱でも出したのだろうか。

私には、すわる椅子さえ用意されていなかった。部屋を見廻しても椅子は見あたらず、暗に帰れと言われているようだった。私は隣りの教室へ行き、空いた椅子を探して運んでこなくてはならなかった。

ディスカッションが始まり、今日の議題は、当番制で毎週一人責任者を決めようという提案だったが、終始私だけはカヤの外だった。とうとうただの一度も、私が意見を求められることはなかった。

ボイコットされた、と思った。すべて、昨日のキャンデー事件のせいに違いなかった。昨日、園庭の隅で私を見ていた母親の顔も、その日の輪の中にあった。彼女がみなに言ったのだ。娘の里美も、自分のような目に遭わなければよいがと考えた。それから、あれもこれもすべてあの女のせいだと思った。あれから、私は夫とうまくいかない。一緒に眠ってさえいない。ほとんど口もきかないのだ。スイミングスクールもやめるはめになった。気持ちがいつも落ちつかない。自分で解っている。常にヒステリー症状なのだ。きっかけがあれば、わっと叫び、なにかとんでもないことをしでかしそうな気がする。

完全に梅毒ノイローゼだ。食べ物を口にするのが怖い。大道寺靖子の夫の言うことがもし本当で、事実そんな危険な商売女と寝たことがないのなら、食べ物から菌が入ったとしか考えられないではないか。

食事のしたくのたび、私は手が痛くなるほど野菜を水洗いする。ヴィタミンCが流れてしまうと解っているのだが、そうせずにはいられないのだ。

ノイローゼのせいなのか、絶えず軽い頭痛がし、体がだるい。日に日に、動くのがおっくうになるような心地がする。物ごとを深く考えられない。テレビの喜劇を観ても、心から笑ったり、楽しんだりすることができない。鏡を覗《のぞ》き込むたび、表情がやつれていくのが解る。

すべてあの女のせいだ。あの女が家にやってきて、夫にあんな告白をした日から、私の生活のいっさいが狂ってしまった。それまではあんなに平和で、すべてがうまくいっていたのに。娘は名門の幼稚園に入り、家は手に入れたし、夫の仕事は順調だった。あの女のせいで、すべてがおかしくなったのだ。それも突然に——。

やりきれない気分で、家に帰ってきた。里美は、一人自室で絵を描いて遊んでいる。娘も被害者だ。彼女は友人を失ったのだ。

その時、玄関先に置いている電話が鳴った。私は心身ともにけだるい気分と闘いながら、のろのろと玄関に向かって歩き、受話器を取りあげた。

「はい、井口でございますが」

私は言った。

「あ、井口さん、ですか？」

妙にあわてたような若い男の声が言った。

「はい、さようでございますが」

私は先方のその少し異様な様子に、不審な声になった。

「こちら、荻窪のN医院なんですが」

男は呟き込むような口調で言った。私は息が詰まり、視界にぼんやりと霧《きり》がかかった。

「は、はい！」

激しい心臓の動悸をかき分けて、ようやく声が喉に昇ってくる。

「奥さん、梅毒に感染してますよ。陽性です。ですから……」

「ええっ⁉」

目の前がくるくると回った。膝がガクガクと震え、気づくとがくんと廊下に尻餅《しりもち》をついていた。なにかが倒れたらしい大きな音。

信じられない、信じられない、信じられない、頭の中でそんな言葉が意味もなくぐるぐると渦を巻き、これは夢に違いない、悪い夢に違いない、とそればかりを考えた。

「ですから奥さん、ほかの人にうつさないよう、気をつけて下さい。唾液や、排泄物などから他人に感染しますので。ご主人やお子さま、お友達などに、特に注意して下さい。明後日、また処置についてはご連絡しますので」

ふと気づくと、電話は一方的に切れていて、発信音が断続的に聞こえていた。しかし私は、いつまでもいつまでも、受話器を握りしめて廊下にすわり込んでいた。

このところ体の調子が悪かった。絶えず頭痛がするし、体がだるくてたまらなかった。あれは、ではあれは梅毒のせいだったのか――。そうか！　あのスイミングスクールのプールだ。あの時、やはり大道寺靖子にやられたのだ。なんて女だろう！　とうとう、とうとう私にうつしたのだ！

夫は？　里美は大丈夫だろうか――。

だが、かろうじてそのくらいのことを考えただけだ。すぐになにも考えられなくなった。怒りと、くやしさと、絶望とが私の体中を充たした。もうこれで終りだと思った。私は死ぬんだ。生きていても仕方がない。私はやがて発狂し、割れるように頭が痛いと叫びながら、狂い死にするのだ。

それから――、自分が何故あんなことをしたのか、いまだに理解できないのだが、私は立ちあがって、玄関脇の小窓から表の通りを覗いた。すると、まるで自分の勝利を確認するかのように、大道寺靖子が息子の手を引いて、ブロック塀の前に立っているのが見えた。

私はカッとした。強烈な怒りで頭の芯が白くなった。台所に向かい、流しの下の開きを力まかせに開けると、開きのポケットに差し込んである刺身包丁を掴んだ。

それからの記憶ははっきりしない。気づくと私は家の前の往来を駈けていて、目の前にぼんやりと佇《たたず》んでいる大道寺靖子の姿があった。

泣き声とも、悲鳴ともつかない叫び声を、ひと声たてた気がする。すっかり狂った頭の命じるまま、私は包丁を大道寺靖子に向かって突き出した。

本能的に、大道寺靖子は身をかわした。その顔は、憎らしいほどに落ちついてみえた。恐怖は感じられなかった。その様子が、また私をカッとさせた。

ふた突き目を繰り出そうとした時、私は包丁を握った右手首を誰かに摑まれ、上体を背後からはがいじめにされた。

「離して！」

そう叫びながら私は、私の右手首を握っている誰かの手に嚙みつこうと全力をあげた。しかし私は、顎《あご》のあたりを摑まれてみじめにあおむかされ、ぐいぐいと手首を締めつけられる苦痛から、とうとう包丁を落としてしまった。アスファルトの上の、その乾いた金属性の音。

と思った瞬間、私はあっと思う間もなく膝をついていた。わけが解らなかった。痛みはまったくなかった。

しばらくして、頬を打たれたのだと解った。徐々に、徐々に、頬に痛みが湧いてきた。おそらくはその痛みが、私を次第に冷静にした。

「奥さんどうしたんです？　落ちついて！」

激しい男の声が頭上からふってきた。顔をあげると、お隣りのご主人だった。取り返しのつかないことをしてしまった。大変なところを見られたという思いが急に湧いた。警察を呼ばれるだろうか、とも考えた。

涙がぽろぽろ、ぽろぽろとこぼれ、私はしゃくりあげた。なにがなんだか解らず、なにひとつ考えられなかった。自分の涙が点々とアスファルトに落下するのを、ただ見ていた。それが、まるで私の恥を象徴するように、みるみる黒いしみになって拡がった。

足に、ざらざらする痛みが感じられて、そうしてようやく自分が裸足《はだし》でいることに気づいた。

ふと周囲を見廻すと、大道寺靖子の姿はなく、道に転がった刺身包丁だけが目に入った。血は、まだ、ついていなかった。しかしそのことをよかったとは、まだ、思えなかった。じっと包丁を見つめていると、お隣りのご主人が、大急ぎでそれを拾った。それから、

「どうです？　よかったらちょっとうちへ寄りませんか？　家内もいる、事情を話した方が落ちつくんではありませんか？」

「いえ！　いえ！」

私は即座に首を振った。もう女の顔は、見るのも嫌だった。

「すいません、ちょっと私、どうかしてしまって。もう大丈夫です。家に帰ってしばらく休めば、落ちつきますから」

「そうですか？　ご主人に連絡しておきましょうか？」

「いえ、いえ、いいんです。どうもすいません、ご迷惑をおかけしました」

立ちあがろうとする私を、彼は支えてくれた。とぼとぼと家に向かって裸足で歩きだすと、目の前に里美が立っていたのに気づいた。

「ママ！」

と叫んで抱きついてきた。抱きしめると、ひどい恐怖からか、娘の体は震えていた。申し訳ないという気持ちでいっぱいになった。

「ごめんね、里美」

振り返ると、お隣りのご主人が、包丁を私に返したものかどうしようかと、おろおろしているのが見えた。彼にも深く頭を下げ、私は自分の家に入った。

9

台所に入り、一人ぽつねんと食卓に腰をおろしていると、今さらながらもう駄目だという気分になった。どうしてあんなことをしでかしたのだろう？　こんな真っ昼間に。しかもよりによってお隣りのご主人に醜態を見られてしまった。明日には近所中に噂が拡まるだろう。そう思った瞬間、背筋に鳥肌が浮く。そうなったらもうこの家にはいられない。主人にも子供にも、まったく申し訳ないことをしてしまった。どうしよう？　どうしたらいいのだろう。

突然、電話のベルが鳴った。ぴくん、と体が震える。激しい恐怖が湧く。電話の音は恐怖なのだ。

私は出ないつもりだった。耳をふさいでじっとしていた。しかし、十回、十五回、とベルは続く。少しも鳴りやむ気配がない。私が出るまで続けるつもりのようだ。仕方なく立ちあがる。のろのろと、受話器を持ちあげる。

「おい、おまえ大丈夫なのか⁉」

「ああ、あなた」

「今お隣りの吉田さんから連絡があった。とんでもないことをしてくれたな！」

そのひと言が、私にある決心をさせた。私は、どうせ電話をかけてくれるなら、もう少し優しい言葉が欲しかったのだ。

「今すぐそっちへ帰る」

「いいの！」

即座に私は叫んでいた。

「血液検査の結果が出たの。私、陽性だって。病気感染しているわ」

「なんだって⁉」

「私、もう駄目。里美をよろしくお願いします」

「おい、おいちょっと待て！」

という夫の声をかすかに聞きながら、私は受話器を置いた。

「里美」

と娘を呼んだ。

「なあに」

と言って娘はやってくる。その頬に頬ずりをする。また涙が湧く。この娘も感染しているのだろうか。けれど夫は医者だ。もしそうでも、きっとなんとかしてくれるだろう。

「ねえ里美ちゃん、パパが帰ってくるまで待ってるのよ」

「どこ行くの？　ママ」

「ちょっとね」

「私も行く」

「駄目よ、パパを待ってて。ね?　いい子だから」

そうして、私は立ちあがった。寝室に入り、少しだけ身の周りのものをバッグに詰めると、ガレージに向かった。

大道寺豊君の送り迎えをしなくなってから、車を運転するのは本当に久し振りだった。エンジンをかけ、しばらくアイドリングした。それからシートベルトをして、私は車をスタートさせる。

行くあてをはっきりと決めているわけではなかったが、とにかくひとまず甲府の実家へ行こうと思った。そうして母に会って、しばらくゆっくりとすごしたい。それから母にお別れを言いたい。そのあとは——、やはり生きて恥を受ける気になれない。近所中の噂が渦巻くこの家へ、のこのこ帰ってくる気にはなれないのだ。どうせ病毒に冒された体なら、どこかで死を選ぶことにしよう。

アクセルをゆっくり踏み込む。特に好きでもなかったけれど、夫の趣味で買った国産の大型車はゆっくりと走りだす。

路地に出ると左へハンドルを切る。私がさっきまですわり込んでいたあたりをゆっくりとすぎる。私は目をそらして、そのあたりを見ないようにつとめた。恐怖とおぞましさ。体を冷や汗が伝う。やはり、もうここへ帰ってくるのは嫌だ、とあらためて思う。

環状八号線へ出ようと思い、左へ左へと曲がっていく。すると急な坂の頂上に出る。私の家からは、環八へ出るにしても２４６通りに出るにしても、たいていこの一方通行の急坂をおりなくてはならないのだ。車に馴《な》れない頃、この坂が嫌だったものだ。今はもう馴れたが、でもずっとブレーキを強く踏んでいなくてはならない。夫にそんな運転はよくないと言われるが、怖くてそうせずにはいられないのだ。

頂上をすぎ、ゆっくりと下り坂にさしかかる。車が、まるでシーソーのようにがくんと下を向く。ジェットコースターの出発のように、車はしずしずと走り始め、速度を増す。

おや？　と私は思った。なにかがいつもと違う。変だな、と思ったせつな、坂道の中途に、誰かが小走りで出てきた。子供を連れた女のようだった。道の中央で立ち止まった。じっと、運転席の私を見つめた。

目が大きく見開かれているのが、かなりの距離からも解った。その表情。恐怖とも、ある決意の表われとも見えたが、一種の勝利感が浮いているようにも思われた。その大道寺靖子の顔が、みるみる迫ってくる。私は満身の力を右足に込め、ブレーキを踏んだ。私の右足は、ブレーキペダルの裏側とともに、思いがけず床を蹴った。まるで手応えがなかった。上から吊り下げられただけの一枚の板のようにブレーキ板は私の靴の下でブラブラしていた。ブレーキを踏むたび、むしろ車は加速し、私の体はシートに押しつけられるように錯覚された。

私は悲鳴をあげ、ハンドルから手を離した。道の中央に置かれた人形のように、大道寺靖子の姿が猛烈な勢いで迫ってくる。彼女の左手に摑まれて、逃げようともがいている息子の姿がちらと視界に入った。

私は大声をあげ続けていたのだろう。恐怖で、もう頭の中はすっかり真空だった。自分が生きて接しているこの現実が、ふいと遠い世界の他人ごとのように思われた。私の車は今や目もくらむようなスピードで突進し、大道寺靖子親子を撥《は》ね飛ばした、と思った瞬間、横から小型トラックが飛び出し、激しいブレーキのきしみ音とともに、私の車の横腹にぶつかった。

なにごとが起こったのか少しも解らなかった。世界の終りのような激しい爆発音がした。ひどい衝撃を体に受けると同時に、私はフロントウインドウの破片をざっと体に浴びた。

一瞬の沈黙。うめき声。それは私自身の声だった。胸とお腹にひどい圧迫感。鈍痛。ずいぶんそのままの姿勢で堪えていたが、しばらくするとようやく痛みがひき、ショックもやわらいできて、体が動かせるようになった。そこで私は顔をあげた。

すっかりつぶれ、しわくちゃになって盛りあがった自分の車のボンネットのあたりが見えた。白い湯気があがっていた。フロントガラスがないので、それが手にとるようにはっきりと見えた。

車の先が、電信柱とガードレールにぶつかっていた。チリチリ、キリキリと、どこかで機械がきしるらしい音が絶えずしていた。私はシートベルトをはずそうとした。しかし、故障したのか、赤いボタンを押してもなかなかベルトがはずれない。指は激しく震え続けている。

ようやくはずし、ドアを開けた。するとまたバラバラと、ガラスの破片が室内に落下した。

目の前で小型トラックが横転し、私の方に黒い汚れた底部を見せていた。駈け寄ってくる靴音があちこちから響いて、人が集まる気配だった。

歩きだそうとして膝が萎《な》えた私を、誰かが横から支えてくれた。不思議なことに、痛みはちっとも感じなかった。けれど、瘧《おこ》りがついたように体が激しく震え、時おり痙攣《けいれん》が混じった。自分がどの程度のショックを受けているのか、たった今この瞬間は、見当をつけることさえできない。

「じっとしていた方がいいんじゃ……」

と私を支えてくれているらしい男の声がすぐ横でする。

「いえ、でも……」

そう言いながら、私はよろよろとトラックの前部を廻り、向こう側の光景を覗いた。

途端に、激しい悲鳴が口をついて出た。悲鳴はいつまでもいつまでもほとばしり、ちっとも止む気配がなかった。

白く乾いたアスファルトの中央に、大道寺靖子が倒れていた。その胸のあたりに、鮮やかな、真紅の血だまりがあった。たった今も、少しずつ、それは拡がりつつあった。そして彼女は、ぴくりとも動かなかった。

その向こう、ガードレールの手前に、放心したように大道寺豊君がすわり込んでいた。泣いてはいなかった。まだ生きている。あの子は無傷だ。少なくとも外から見える傷はない。

あの子を保護してやらなくては、とそう考えて私は彼の方を指さした。しかし、誰も私の意図には気づかなかった。

「突然飛び出してきて、どうしようもなかった」

という声がどこからか聞こえた。その方を見ると、グレーの作業着を着た、四十歳くらいの男だった。小型トラックの運転手らしかった。

「自殺しようとしたんだあれは、自殺だよ」

とも聞こえた。

「警察に言えよ、そういうことは」

という声が、ヤジ馬の方から聞こえた。

サイレンの音が近づいてきていた。救急車か、それともパトカーか。その音がはてしなく大きくなり、すぐ近くで停まった。

白衣の男が私の視界に駈け込んできて、大道寺靖子のかたわらにしゃがみ込んだ。それから、

「おい担架!」

と叫んで手招きをした。

ヤジ馬の整理が始まった。私も背後から肩を抱かれ、足を持たれて倒された。本能的に恐怖が湧き、もがいたが、下にはすでに担架が用意されていた。

救急車に運び込まれ、ドアが閉められた時、私のぼんやりとした視界には、大道寺靖子の足が見えていた。彼女の体がすぐ隣りにあった。ストッキングが汚れ、片方には靴を履き、片方は脱げていた。その様子を見ながら、私は意識を失った。

10

目が覚めると、病院のベッドの上だった。服も脱がされてはいず、隣りのベッドにも、周囲にも、人の姿はなかった。

徐々に意識が戻るにつれ、自分が巻き込まれ、直面している信じがたいトラブルというものが、次第に自覚されてきた。

事態が、私が一人家を出た時よりも、何倍も悪くなっていることは確実だった。私は自分の家の前で包丁を片手の大立廻りを演じ、その挙句車で大事故を起こし、私の友人はたぶん死んだのだった。

私はベッドの上に少しだけ身を起こし、全身を点検した。どこにも外傷はなく、出血した形跡はなかった。腕を見た。右腕にも左腕にも傷はなく、注射針がたてられた跡もなかった。

では、自分が梅毒に感染していることはまだこの病院に知られてはいない。せめてこの事実だけは隠しおおしたいと思った。ぐずぐずしていては、いつ輸血の必要など生じないとは限らない。そうなれば当然血液検査がある。病気のことがばれてしまう。

私は立ちあがり、窓ぎわに寄った。すると、ひどく体が痛むことに気づいた。ようやく打撲の痛みが体に湧いたらしい。

窓を開けた。はるか下方に白くコンクリートの地面が見えた。五階か、そのくらいの高さはありそうだった。

窓ぎわに、たたんで立てかけてあった折りたたみ式の椅子を開いた。痛む右足を抱えるようにして、なんとかその椅子に載せた。それからはずみをつけて椅子の上にあがり、左足を窓わくに載せた。

私は迷わなかった。少しでも躊躇すると死にそこなうと知っていたからだ。どの角度から考えても、私は生きていない方がよいのだ。この点ははっきりしている。

両足を窓わくの上で揃え、宙に跳ぼうとした時だった。

「おい！」

という叫び声とドアの開く音がして、私は襟首《えりくび》を背後から摑まれた。びり、と布が裂ける音がした。私の体は、空中に半分突き出した格好で停まった。

「離して！」

必死で叫びながら、私は背後を見た。夫だった。夫も必死の形相で私の襟首を摑み、それから乱暴に胸を抱いてきた。

「やめて！　私は病気に感染しているのよ！」

「なんで解る⁉」

「N病院から電話があったのよ！」

「おまえは感染してない！　陰性だ！」

「えっ⁉」

「俺がN病院に電話してみた。陰性だと言ってた。それに、そんな電話をした覚えはないと言ってた」

「なんですって⁉　嘘よ！　どういうこと⁉」

「知らんよ俺は。イタズラ電話だろうよ。とにかく中に入れ、話はそれからだ」

私は夫に抱かれ、ベッドの上に寝かされた。この時ほど、夫をありがたく、また頼もしく感じたことはなかった。

医者である夫は、私の体をあちこち点検していた。それから方々を押して、痛みの具合などを訊いた。私は夫に診察されながら、私を襲った一連の事件を最初から思い返していた。

「大道寺さんは？」

私は訊いた。

「亡くなったそうだ」

夫は答えた。やはり、と思う。

「豊君は？」

「無事だ。今診察を受けてる。それより事故は？　いったいどういうことだったんだ？」

「さっぱり解らないの」

「どうしてぶつかった？　ブレーキは踏まなかったのか？」

「踏んだけど……」

ブレーキ板の感覚が右足によみがえった。あのペラペラした頼りない感覚。

「ブレーキがきかなかったのよ！」

私はようやく思い出し、大声をあげた。

「そうか」

夫は案外平静な声を出した。

「今、下に大道寺さんの弟が来ていた。たぶんこの男が、うちの車のブレーキ・パイプを切ったり、おまえにN病院といつわってニセ電話をかけたりしたんだろう」

「なんのために？」

「それは……、これは想像だが、たぶん、おまえに轢かれて自殺するためだろう」

「私に？」

「ああ、彼女は悔しかったんだよ。俺たちに梅毒のことを知られてね。それでおまえも同じ目に遭わせてやりたくてあれこれ画策したが、どれもうまくいかなくて、結局、死ぬほかないと思ったんだろう。

だが、ただ死ぬのはさらに悔しかったんじゃないのかな。そこで、おまえの車に轢かれて死んでやろうと考えた、きっとそうだと思う」

聞いていて、あらためてぞっと背筋が冷えた。

私は荻窪のN病院へ行った日のことを思い出した。そういえば思い当たる。あの日、私は上野毛の駅近くの路上に、靖子のベンツを見たのだ。よく似た車だと思ったことを憶《おぼ》えている。やはりあれは靖子の車だったのだ。彼女は車をそこに止め、私の跡をつけたのだ。そしてN病院を知ったのだろう。

靖子が家の前によく立っていたのは、そういう意味だったのだ。私がいずれ病院へ血液検査をしに行くと読み、跡をつけてやろうと考えて張り込んでいたのだろう。

そしてN病院を突きとめると、弟を使ってニセ電話をかけさせた。これには二重の意味があった。私に自分と同じ絶望を味わわせるという快感と、絶望にかられた私に行動を起こさせるという意味である。

事実、私はうまうまと彼女の術中に塡《は》まり、包丁を持ち出して自宅の前で大立廻りをやり、あろうことか隣家のご主人に留められるという大失態を演じた。これで私はますます絶望し、自殺行まで決意して車を出した。その車に轢かれてやれば、お隣りのご主人の証言で、私はたぶん故意に大道寺靖子を轢き殺したという話にされていただろう。私は殺人者になっていたところだ。

私の家の周りは一方通行が多く、どこへ出るにしてもあの坂道を通らなければならない。大道寺靖子はブレーキ・パイプに細工をすると、あの坂道の下で待ち受けていればよかったのだ。転んでもただでは起きないというわけか。同じ死ぬにしても、私に殺人の罪を着せてからというわけである。怖ろしい女だ。しかもことは大道寺靖子の思惑通り、完璧に進行していたのだ。

ところが、最後のどたん場で、彼女の計画は狂った。横あいからトラックが飛び出したのである。

私は今、ようやくあの時起こった一連のことが解ってきた。私の車はブレーキが細工されていて、靖子の計画通り、もうあの女を轢く寸前まで行っていたのだ。そのほんの一瞬前に、横からトラックが飛び出した。

彼としても、おそらく道に飛び出した靖子を避けきれなかったのだろう。彼が私のかわりに靖子を撥ねた。そして私の車にぶつかったのだった。おかげで私は右側に飛ばされ、電柱とガードレールにぶつかって止まった。あのトラックがいなければ、私は靖子を撥ねた上、坂の下まで暴走して、私自身とてもこんな怪我ではおさまらなかったところだ。死んでいたかもしれない。私にとってはあのトラックは、まさに救いの神であった。

「怖ろしい女だわ」

私は思わず口に出してつぶやいていた。しかし、立場が逆だったらどうだろう？実行したかどうかはともかく、私が靖子でも、そのくらいのことは考えたのではないだろうか。自分ばかりが一家全滅の不幸に遭い、片や友人は幸福の絶頂にあったのだ。

「ねえあなた」

私は、また別の種類の恐怖を感じながら、夫にこの質問を発した。

「あなた、大道寺靖子に誘惑されて、寝たの？」

するとは夫は苦笑いした。

「馬鹿だな。確かに誘惑はされた。病院の帰りを車で待ち受けられて、相談があるというから乗ったらホテルへ連れていかれた。内密な相談だから部屋を取ったというわけさ。

部屋に入ったら、たちまち服を脱ぎ、裸でぼくに抱きついてきた。だが、いくらいい女でもとてもその気にはなれないさ。ぼくは医者だしね、ベッドに突き飛ばして帰ってきた。だが香水の匂いが服についていたとは気がつかなかったな」

「そうなの……」

私はほっと胸を撫でおろした。だがそこまでやる気になるものなのか、と思った。それほど辛いものなのか、と考えた。しかし、それはそうだろうな、とも思った。

私は夫に言った。

「子供、二人いるのよね」

「うん」

「ご主人はああだし、子供は、どうするのかしら」

「ああ」

「子供は、血液検査の結果はどうだったの？」

「下の子はやはり陽性だったらしい。しかし上の方の子は、さいわい陰性だったようだね」

「ああそうなの、豊君は陰性、それはよかったわ」

「ああそうだね、彼女は、両親は健在なのか？」

「ええ、それもそうだし、ご主人の方の両親もまだ健在のはずだから、子供二人は、お寺の方で面倒みれると思う」

「ふうん」

「あなた」

私は夫の手を取った。

「うん？」

「ごめんなさいね」

私は言って、謝った。私はどうかしていたのだ。病気でないと知った底知れない安《あん》堵《ど》感が、私を素直にしていた。謝ると、また涙がぽろぽろとこぼれた。悲劇に終ったが、とにもかくにも試練は終ったのだ。これからまた再出発である。

「どうする？　家の前でおまえ何かやったようだが、また家に帰れるか？」

私は無言になった。すぐには決断がつかない。

「里美が待ってるんだ、俺はもう行かなくっちゃ。おまえはここにひと晩くらいいるか？」

「帰る」

私はきっぱりと言った。家も手に入れたばかりだし、娘も待っている。さっきまでの大道寺靖子との闘いを思えば、この先どんなことにも堪えられると思う。

「車を壊しちゃったわ」

身づくろいをしながら、私は言った。

「また買えばいいさ」

夫はそう言ってくれた。

玄関までおり、夫が妻を連れ帰るということを医師控え室まで言いにいってくれている間、待合室で一人待っていると、幼稚園の母親仲間の一人が玄関から入ってきて私を見つけた。私は厄介を覚悟した。

「あら井口さん、大道寺さん大変だったそうね？」

「ええ、大変なことだったんです」

それから私は興味津々《しんしん》の彼女に、大よそのことを語って聞かせた。私が話さなければ、よそででたらめの噂を聞き込んで、言いふらすに違いないのだ。

「いったいどうして大道寺さんはそんなに？　あなた方、何かおありになったの？」

「どうしてあの方、そんな自暴自棄に？」

私は答えた。

「ご主人のご病気のことがあるからじゃありませんか？」

「あの方自身、何かのご病気だったって噂もあるのよ。あなた、ご存じない？」

言われて、私は少し沈黙した。それからある決心を固め、こう言った。

「さあ、私は何も聞いてませんし、そんなことはないと思います。きっとご主人のことで、人生を悲観したんだと思います」

それから、戻ってきた主人をうながして表へ出た。体は痛んだが、気分は悪くなかった。

「今の、幼稚園のママ仲間か？」

夫が訊いてきた。

「そう」

「何を話してた？」

「大道寺さんのこと、いろいろ訊いてきたのよ」

「そうか、何て言った？」

「死者への礼儀は守ったわ」

「いえ別に」

私は答えた。

今から私は、噂が渦まく女たちの世界へ帰っていく。そこで私は、ある安易な道をとろうとする誘惑と、絶えず闘わなくてはならないだろう。

大道寺靖子の、あの絶望的な病気のことを話してしまえば、私の行為はたちまち有効に弁護され、彼女たちの好奇心も満足させられるに違いない。だが、死者への敬意は、そんなやり方では決してはらえない。それに残された彼女の子供たちの将来がある。

これからの自分の闘いには、何ものにも増した強敵がいる。それは自分の内にひそむ、そんな誘惑である。私は誰に対してよりも、自分とのこの闘いにこそ勝たなければならない。そのことを強く、自分に言いきかせた。

渇《かわ》いた都市

1

あれは確か昭和五十三年の夏だったと思う。春から陽《ひ》でり続きで梅雨《つゆ》時も雨がまったく降らず、節水騒ぎになったことがあった。宣伝カーが連日節水を呼びかけ、暑さ続きで、東京で暮らすわれわれもいい加減いらいらしていたのだと思う。どうも私はあの夏、嫌な事件に出くわすことが多かった。

そもそものことの発端は、それより三カ月ばかり溯《さかのぼ》る五月はじめの、あるスパゲッティ屋での事件であった。

私の勤める三田《みた》の商社の近くに、味で評判のスパゲッティ屋があった。昼食時になると、スパゲッティとコーヒーのセットをとるための私のようなサラリーマンで、店内はいつもいっぱいになった。

私はスパゲッティが好物だったので、ほとんど一日おきにそのSというスパゲッティ屋に昼食をとりに行った。五月はじめの火曜日のことだった。

いつものように店に入り、入口の脇の二人がけ用の小さなテーブルに一人ついた時だった。中央の大きなテーブルに、三十代のサラリーマンの一団が陣取っているのが見えた。私は注文を終え、見るともなく彼らを見ていた。

一団はそれで全部と私は思っていた。が、そうではなく、もう一人の男が奥からテーブルに戻ってきて仲間に合流した。しかし彼はどうしたわけか、仲間たちの会話にあまり加わらず、顔を少し俯《うつむ》け加減にしている。私は不審を感じた。

仲間も、彼のかすかな異常に気づいたらしかった。彼に向かって身を傾け、どうしたのかと訊《き》いている。彼はぼそぼそと低い声で、何ごとか説明をしているらしかった。そのうち、一同に不思議な反応が表われた。全員の顔にニヤニヤ笑いが浮かんだのである。私は興味をひかれ、じっと見入った。しかし、理由の見当などつくはずもない。

店の奥から、二十代後半に見える色白の女性が出てきた。小柄だがスタイルも悪くない。なかなか男好きのする顔だちをしていた。静かな足どりで、自分が以前いたらしい席へ戻った。私は彼女も視界の隅に見ていたが、このもの静かな若い女性と、その手前に陣取ったサラリーマンたちのニヤニヤ笑いとが関連があるとは思わなかった。

私のテーブルにスパゲッティが運ばれてきたので、しばらく食事に専念した。サラリーマンの一団は、コーヒーを飲みながら相変わらずそこにいるようだった。

私がほとんど食べ終った頃だった。パチン、とどこかでハンドバッグの金具が閉じる音が響いた。店内はややざわついていたし、低くだが音楽も流れていた。それなのに、その金属性の音は妙に私の耳についた。

私が顔をあげると、さっきの女性が立ちあがり、テーブルの上の伝票を掴《つか》んだところだった。

彼女は冷静な足どりでレジの前まで歩いた。

「ありがとうございます」

と言いながら、若いマスターも彼女を追ってレジに向かった。

レジの前で二人は出会ったようだった。私はもう注視することをやめた。

ところが、また不可解なできごとが起こっていた。五分経ち、十分経っても、女性の方がいっこうに帰ろうとしないのである。

レジをはさんで、女性とマスターとがいつまでもぼそぼそと話している。内容は聞き取れないが、少しも終る様子がない。

じっと見ていると、女性の方が一方的に話しかけているのが解った。マスターの方は、やや迷惑そうな顔で、辛抱強く応じていたのである。女性の方に、話を切りあげる気配がないのだ。そのうち、彼がしきりに謝りはじめた。女性が低い声でひとしきり喋《しゃべ》ると、マスターが大きな身ぶりでぺこりぺこりと頭を下げる。かまわず女性が喋る。またマスターが頭を下げる。そんなことがしばらく続いた。

サラリーマンの一団は、少しも会話をする気配はなく、じっと聞き耳をたてているふうだった。しかし決してレジは見ず、時々ちらちらと盗み見るだけなのだった。その様子も異常だった。

「早くしてよ！」

と突然その女性のヒステリックな声が、店内中に響き渡った。客たちがいっせいに顔をあげた。サラリーマンの一団も同様だった。私もそうした。この瞬間から私は、おおっぴらにレジを見る許可を得た思いで、じっと女性の背中を見つめた。

「早く訊《き》いてきてって言ってるでしょ⁉」

悲鳴のような声がまたそう言った。

泣き叫ぶような彼女のその大声につられ、マスターの声も若干大きくなったので、内容が聞きとりやすくなった。

「お客さん、そこはどうかひとつ……」

彼は言った。

「どうかひとつ何よ」

女性は言う。

「ええ、どうかひとつ、その点だけはご容赦下さい。あちらのお客さまの過失というよりは、むしろそれはこちらの設備の手落ちというべきで」

「もういいわよ、そういう話は。あなたたちをどうこうと言ってるわけじゃないでしょ？　あっちの人の住所氏名と電話番号を訊いてきてって言ってるんじゃないの！」

「ですからそこはひとつ……、私どもとしましても、お客さまにそのようなことはお願いできかねますので、どうか今日のところはひとつ」

「できないわね、無理ね。私は人一倍神経質なのよ。ゆっくり時間かけなきゃできないタチなのよ。それをあなた、ええい！　言うのも恥ずかしいわ！」

そこまで言われては、店内中が興味津々《しんしん》になった。じっと聞き耳をたてた。

「見られたのよ。親にだって見せたことないのによ！　それをよ、ひどいわ！　私は繊細なのよ！　人一倍神経が繊細なのよ！　ひどいわ！　本当にひどい話よ。もう、信じられないわ！　どうしてくれるのよ⁉　いったい、どうしてくれるのよ⁉」

彼女は、ほんの五十センチの先にいるマスターに向かって、声を限りにわめいていた。私は意味がよく解らず、首をかしげた。

「だから訊いてきてよ、住所と電話番号を！　だめなら電話番号だけでもいいわよ！　早く！　訊いてきてくれるまで、私はここ、一歩も動かないわよ！」

ははん！　と私は思いいたった。ようやく解ってきた。トイレだ。

この女性はトイレに入り、ロックをして、それを充分確かめず、たぶん大きい方を始めたのだ。この店のトイレは、男女共用になっている。しかも日本式にしゃがむスタイルで奥行きも深いから、いったんしゃがんでしまうとドアは遥か背後になってしまい、ノックがあっても返すことができない。それで後から行ったこのサラリーマンの一人が、ドアを開けてしまったのだろう。

恐ろしい悲劇というべきだった。責任の所在はどこにあるのか。

女性は席に戻り、我慢して出ていくべきか、それともなんらかの報復をしなければおさまらないか、ずっと思案していたものに相違ない。そしていずれにしてもこの場では、住所、氏名、電話番号を聞いておくべきだと結論したのだ。

「これはもうけっこうですので、今日のところは、どうかひとつもう、ご勘弁願います」

彼は伝票をレジの下にさっとしまいながらそう言い、また二度三度、大きく頭を下げた。ところが、これは返ってまずかった。彼女は金切り声をいっそう尖《と》がらせて、噛みついた。

「なによ、それ⁉　それ、なんなのよ！　いったいどういう意味？　そんなこと言ってないでしょう、私。駄目よ、譲れないわね、早く訊いてきて頂戴」

マスターが、仕方ないという表情でその場を離れ、サラリーマンたちのテーブルまでやってきた。そこは、レジよりはずっと私のテーブルの近くだった。

マスターがサラリーマンに向かって言う言葉は、私にはよく聞きとれなかった。しかしトラブルの張本人がささやく言葉は、かろうじて私にも聞こえた。

「じゃ、ここにさ、デタラメ書いとくから俺。これ渡してよ」

「なによ！　これ！」

マスターがそのメモ用紙を持ってレジに戻ると、女性は再びこの世の終りのような金切り声をたてた。

「住所と名前はどうしたの⁉」

「お客さん、電話番号だけでいいって言ったじゃないですか」

弱々しい声で彼は応じた。

「駄目よ、電話だけじゃ！」

彼女は鼻先で激しく笑いながら言う。

「これだってどうせデタラメに決まってるでしょ！　住所と名前ちゃんと訊いてきてよ！　それまで私、一歩だってここ動かないわよ！」

その時、奥からつかつかと中年の婦人が出てきた。私は彼女の顔に見憶えがあった。彼女もこの店の経営者で、若いマスターは彼女の息子という話だった。

「警察を呼びますよ、あなた」

彼女は冷静な口調で言った。

店内中が、水を打ったように静まり返っていた。客たちは、スパゲッティを食べることなどとうに忘れ、固唾《かたず》を呑《の》んで成り行きを見守っていた。だからママが二人に近づいていく靴音も、店内中に響き渡る。

「なんですって？」

さっきから息子に嚙みついていた女性は、そう言って声を震わせた。

「今までこんなトラブルは一度もないんですよ。私、今行って調べてきました。ちゃんとロックがかかるじゃないですか。トイレをなさる時は、ちゃんとロックを確かめてからなされればいいじゃないですか。自分がロックしないでおいて、いつまでごねれば気がすむんですか？　もう出ていって下さい。お代はけっこうですから」

「なんですって⁉」

遂に最悪の事態となった。客の女性は、怒りのあまり口がきけなくなっていた。しばしの、恐ろしい沈黙があった。彼女の後ろ向きの肩が、二度ばかり大きく痙攣《けいれん》するのが見えた。

私は、次にくるものは、当然客の女性のヒステリックな報復の声だろうと予想した。しかし、そうではなかった。彼女は、意外にも低い声で始めた。

「なあに、これは。なんなのこの店は。まるでヤクザね。自分のお店に、ちゃんとロックできないようなトイレを作っておいて、逆に開き直るなんていったいどういう了《りよう》見《けん》なの？　あきれてものが言えないわね。まるでヤクザね」

「トイレ、ちゃんとロックできますよ。今見てきたんですから」

経営者の女性は、同じことを繰り返した。

「じゃあ、私が嘘をついているって言うんですか？」

客の女性の声は、また次第に金切り声に戻っていく。

「そうは申しませんが、ロックをちゃんと確かめていただきたいと、そう申しあげているんです。かかるんですから」

「かからないわよ！」

「かかります！」

「かからないわよ、固くて」

「固くてもかかります。では今から警察の人を呼んで、警官立ち会いのもとで実験をやってみましょうか？」

再び沈黙。

「憶《おぼ》えてらっしゃい」

客の女性は再び低い声で言いはじめた。

「あきれたものね。あきれてものが言えないわ。盗《ぬす》っ人《と》たけだけしいったらありゃしない」

そして恐ろしい言葉を口にした。

「憶えてなさい！　私はあんたたち一人や二人消すの、どうってことないのよ！　私には、怖いお兄さんたちの知り合いがいっぱいいるんだからね。楽しみにしてなさい。こんなお店、火つけてやる。灰にしてやる！　憶えてなさい！」

ひと声高くこうわめくと、女性はガラスドアに体当たりするようにして開け、表へ出ていった。戦いは、あっけなく終った。あとに、うっとりするような静寂が戻り、客たちはスパゲッティを食べることを思い出した。

経営者の母子もいっとき放心していたが、やがて気まずい沈黙の中で、それぞれの持ち場に戻っていった。

店内に平和なざわめきがよみがえり、死んだように静かだった例のサラリーマン氏は、水に戻された金魚のように息をふき返した。そして仲間に向かってこうわめくのが私のところまで聞こえた。

「鍵見てもらいたいよ。店の人と一緒にさあ。ありゃ俺としちゃどうしようもなかったんだよなあ！」

彼らは重苦しい沈黙から解放され、好き勝手をわめいていた。

「親にも見せたことないものって、裸の尻のことか？」

するとトラブルの張本人がこんなことを答えた。

「そうだろうけどさあ、あの女のお尻の右側に、大きな青アザがあったんだ。そのことじゃないかなあ」

「尻よりも、アザを見られたことが恥ずかしかったのかな」

「あの女、俺見たことあるぞ」

仲間の一人が言いはじめた。

「銀座のPの女だぜ。名前は確か、ルミって言った」

「本当か？」

「ああ間違いない」

彼は自信を持って請《う》け合った。

Pというのは銀座の並木通り沿いにあるクラブで、高いので有名な店だった。一説には、すわっただけで四万円取るともいうのだが、私はまだ行ったことがないので、真偽のほどは解らない。言われてみれば今の女は堅気には見えなかった。美人の部類に入るだろうし、確かに銀座の女といった雰囲気だった。

その日一日中、私は気分がよくなかった。東京砂漠などとよく言われるが、まさにこの都市のそんな一面を、如実《にょじつ》に垣間見《かいまみ》た思いである。

そんなことがあってから夏に向かい、東京は水不足で文字通り渇いていった。暑くなるにつれ、節水の呼びかけが、私の社内でもヒステリックになった。洗いものの類《たぐ》いはまとめてやり、トイレも、小用の場合はできるだけ水を流すな、などと言われて実に不愉快だった。その年、夏中そんな調子だった。

トイレ事件から三カ月ばかりが経った、八月のなかばのことである。

私は当時必要があって、西荻《にしおぎ》の自宅から社に自動車通勤をしていた。そしてその往復の道中、ちょっと迷信めいた賭けをして、一人ひそかに楽しむ癖《くせ》がついていた。私は、自分でこれを「信号占い」と称していた。主として社からの帰り道、自分がどのくらい赤信号に引っかかるかで、翌日の自分の運勢を占うのである。

何故帰りかというと、往きは朝だから渋滞の連続で、信号のタイミングどころの騒ぎではないからだ。しかし帰りはたいてい深夜になることが多く、深夜は車が少ないのでスムーズに走れる。こんな時赤信号にぶつかるほど馬鹿馬鹿しいことはない。いくら赤信号で停まっていても、目の前を横切る人も車もいないのである。

それだけならまだいいが、せっかく青がともっていたその先の信号まで、待っているうちに赤に変わる。そんな悪いタイミングがいくつも続くと本当にいらいらするし、不思議に翌日仕事の調子が悪かった。そんなことから、私はいつのまにか信号のタイミングで翌日の調子を占う癖がついてしまった。

占いの結果をよくするため、私は深夜はできるだけ信号の少ない路地を選んで走ることにしていた。信号の数が少なければ、スピードの調節で、できるだけ赤にかからないようにもできるのである。

自宅手前に、私がいつも通る路地があった。中央線の高架をくぐり、古いモルタル造りのアパートの間を抜ける道だったが、これがなかなか具合のよい近道だった。

八月中旬のある日、私は疲れた体で車を走らせていた。人けのない、いつものこの路地に入った。中央線の高架が近づいてきて、その時、私は驚いて急ブレーキを踏んだ。

長く車を運転しているが、こんなものを見たのははじめてだった。高架のコンクリート柱の間を路地は抜けているのだが、まるで通せんぼするように、道いっぱいに細いロープが渡されているのだった。地上一メートルくらいのあたりで、暗いから気づかずに走り抜けるところだった。

先で工事でもしていて、通行禁止になっているのかと思ったが、どうやらそうでもないようだ。子供のイタズラらしい。

そのまま突っ切ろうかとも思ったが、妙に不安を感じて、私はギアをバックに入れた。路地を延々と広い通りまで引き返した。君子危うきに近寄らずだ。

バックしながら私は、疲れた上にうんざりする気分だった。「信号占い」でいえば、二、三度赤に引っかかるどころの騒ぎではない、道に綱《つな》で通せんぼをされたのである。「凶」を通り越して「大凶」かもしれない。

すると案の定翌朝、寝すごして社に大幅に遅刻をし、客を待たせて上司にさんざん叱られ、おまけに階段を踏みはずして足首を捻挫《ねんざ》した。どうも私は、自己暗示にかかりやすい体質らしい。

2

田中昂作《こうさく》は、中野にあるレジャー用のゴムボートを作る会社に勤務して、もう二十年近くになる。工場では文句なくベテランであるから、四十歳の手前にさしかかった現在、現場主任になった。

身長は一メートル六十三、体重五十三キロ。乱視のかかった近視であるが、普段眼鏡はかけていない。仕事ぶりは真面目な方だが、とりたてて優秀ということもない。名古屋の北にあたる、温泉で有名な下呂《げろ》の出身で、どうしても故郷の訛《なま》りが抜けない。そのせいばかりでもないが、つい日頃は無口になる。

もう四十になるが、年の割にしわっぽい体質で、頬と狭い額に妙にしわがたくさんある。オールバックにして露出した額までが真っ赤になるほどに酒を飲むと、自分でも猿が酒に酔っているみたいだと思う。馴染みのスナックのトイレの鏡に映った自分を見て以来、すっかり嫌気《いやけ》がさして、深酒もできなくなった。

しかしそれが幸いして、田中昂作にはもうかなりの額の貯金ができていた。かなりといってもしがないサラリーマンが、妻と小学校二年生と幼稚園の子供二人を養いながら、しかもアパートの部屋代を払いながらの貯金だからたかが知れてはいる。一千万弱の貯金である。

しかし、高校しか出ていない田中昂作にとっては、生まれてはじめて手にした大金であった。彼の二十年間の労働のすべてである。この金で、彼は家を手に入れるつもりでいた。この物価高と住宅難の時代、この程度の額では大した神通力も持たないであろうが、建売り住宅の頭金くらいにはなるであろう。

彼の女房は、身長は一メートル五十そこそこであったが、体重は亭主以上にあった。年齢は、昂作もあまり記憶にないのだが、確か三十七、八のはずである。しかしどうかすると、五十すぎに見えることもあった。浮気の心配など薬にしたくともない。問題は彼自身の方であるが、こちらもなんら心配はなかった。田中昂作が、女性に興味を持たれる気遣いはまずない。自分が中途半端にいい男だったりすると、馴染みの飲み屋も一軒ということはなかったろうし、すると通帳の金額も、ひとケタは確実に下廻っていたろう、そう考えて、彼は一人納得することが多かった。

彼が住んでいるのは、中央線の高架下の安アパートだった。電車が来るとテレビの画面が乱れ、日中は高架線の影で陽も射さず、終電が行くまでうるさくて眠れたものではなかった。しかも、六畳と四畳半のキッチンの1DKで、子供が大きくなった今、明らかに手狭なのだが、郊外の物件で、最寄りの駅までバスを使わなくてもよいもの、などと贅沢《ぜいたく》を言っていたら、もう二十年近くここを動けないまま、子供が小学校にあがってしまった。女房子供も肩身の狭い思いで不平を言うし、もういい加減引っ越しを考えている。

昭和五十一年の、二月のはじめだった。田中昂作は、アパートから歩いて十分ばかりのところにある、例のただひとつのなじみのスナック「おた福」で、きんぴらごぼうを肴《さかな》に水割りを飲んでいた。

おかみの福子は、まさしく店名が示す通りの風貌《ふうぼう》をしている。しかし案外性格の小ざっぱりした女で、きっぷのよいところもあり、九州出身の彼女の故郷の話を聞く楽しみもあって、昂作はおた福に通っていた。無趣味な彼には、女を追いかけるなどという発想がなかったものだから、こういう店で充分だったのである。

萩尾恵美《はぎおえみ》というその娘がおた福にはじめて姿を見せた夜は、珍しくいつもより混んでいた。カウンターだけの店で、そのカウンターが男たちでぎっしり満員だったから、おかみが、今客が来なければよいがと思っているのが昂作にもありありと解った。

鈴の音がして、冷気が感じられた。店のドアには鈴がついていて、客がドアをあけるとチリンチリンと音がする。おかみが「あいすみません」という顔を作り、カウンターの中を移動した。昴作はなんとなくその様子を見ていた。その時、

「こんばんは」

という若い女の声がした。実際その声は澄んだ愛らしい声だったので、カウンターに並んだ男たちがいっせいに左向け左をした。昴作ももちろんその一人だった。しかし彼は、いつもそうするのだが、一番奥の席で飲んでいたので、そこから声の主は見えなかった。

すると、「よお！」といかにも親し気な、というより得意気な声をあげる者が男たちの内にいた。そして、

「ママ、この人だよ」

と言った。

「あら、こちら？」

と福子は愛想のよい声を出した。

「まあまあ、お綺麗な方ねえ！」

彼女はそう言った。

入口の女がドアを開け、店に入ってきて、知り合いらしい客の男の背後に立ったので、昴作はようやく娘の顔を拝むことができた。

二十二、三に見えた。パーマのかかった栗色の髪を肩まで垂らし、黒いスカートに薄茶色のブーツを履《は》いていた。そうして華のような（昂作は心底そう思った）笑顔を、カウンターの中の福子に向けて立っていた。

萩尾恵美は、その夜からおた福のカウンターに入るようになった。大してはやってもいなかったおた福は、以来たちまち男たちではちきれんばかりになった。ドアのところに立って、「あいすみません、ただ今いっぱいで……」と言うのと、お勘定だけが、福子の仕事となった観があった。

客たちの熱のあげ方はなかなかのもので、入口で断わられても他の店を廻って時間をつぶしてまたやってきたり、近所の喫茶店でコーヒーを飲みながら、席が空いたかとたびたび電話を入れてくる者もいた。もっと熱心な者になると、この寒空の下、立小便などしながらブロック塀にもたれて、一時間でも二時間でも客が出てくるのを待つという閑人《ひまじん》まで現われた。

しかも彼らは、席が空いてもすぐ入ってきたりはせず、ドアから店内に首だけを入れ、「えーみちゃん、まーたきたのよォ」

などとしなを作り、少しでも目だとうと知恵を絞り合うのだった。

恵美の方はというと、誰にでもはいはいと愛想がよく、福子に対してもきちんと一線を画して礼儀正しい口をきいて、しかも仕事もしっかりやったので、女二人の仲もすこぶるうまくいっていた。

恵美がおた福にいたわずか二カ月の間に、恵美をドライヴに誘おうとした者も、中にはプロポーズまでしたせっかちな者もいたようだったが、誰にもなびいた様子はなかった。

田中昂作も、むろん例外であろうはずがなく、知らず、おた福のドアを押す回数が倍になっていた。しかし生来ひっこみ思案で、口説くなど思いもよらないから、せいぜい早々とカウンターの、それも今までと違う中央あたりに陣取り、ピッチをあげてグラスについでもらう回数を増やすという、店にとってはまさに思う壺の客の一人となっていた。

そのかいあって、日に一、二度は恵美と口をきく幸運に巡り遭《あ》えた。

「あ、こちらお名前何とおっしゃいましたっけ?」

恵美は昂作に向かって口を開く時、毎度こんなふうに言った。

「ああ、田中だ」

昂作は、せいぜい大物のように格好をつけて答えた。しかし彼のこの大物ぶりが、昂作の帰った後、店の若い常連たちのお笑い草になっていることを彼は知らなかった。昂作の声帯模写ひとつで、おた福のスターの座を獲得した客もいた。

「田中さんですか、よくいらっしゃいますね」

しかし恵美はその割には名前を少しも憶えず、昂作はそれが、彼女が水商売に馴《な》れていないせいと考えて、かえって好感を抱いた。

昂作は恵美と口がきけるチャンスを摑まえると、いつも緊張で声がうわずった。なにしろ彼はこれまで、こういう美人型の女性とまったく縁がなかったのである。

「あ、あ、あんた、あれかね、あの、この、水商売は長いのかね」

「いえ、はじめてなんです。もうなんにも解んないからご迷惑をおかけします」

「あ、い、いや、そんなことはない。な、なかなか馴れておるようだ。せ、せいぜい頑張りなさい」

「はい、よろしくお願いします」

「うむ、うむ、うむ。あんた、あれか？　故郷はどこかね？　東京の人か？」

「いえ、違うんです。解りましたァ？」

恵美はグラスを洗う手もとを見ながら言った。昂作は実は東京出身かと思っていたのだが、そう言われると思わずこう言った。

「ああ、もちろん解ったとも」

それから、これは自分が類いまれな人格者であることをアピールする、絶好のチャンスだと判断した。

「もちろん解ったのだ。わしは人間を見る目を養った。人生というものは、人と人との触れ合いというものだ。あんたもそこをもっとよっく考えて、人を見る目を養わなきゃいかん。ね？　東京は怖いところだから。人を見る目を持ちなさい。ね？」

「はい」

「で、故郷はどこかね？」

「どこだと思います？」

昂作はぐっと言葉に詰まった。ここで見当違いの答えをしては、たった今発した、黄金にも似た自分の名言が、鉛と化してしまうと思い、内心焦った。

「そ、そうだな、東北じゃあないな」

昂作はどうしたものか、東北の人間だけは嗅《か》ぎ分けられる自信があった。

「ああ、関西じゃないかね？」

すると恵美は棒立ちになり、両手を胸の前で組んで、天井を仰ぐ仕草をした。

「うわあ、すっごーい！　当たりました。どうしてなんですぅ⁉」

昂作は、自分が思いがけず引き当てた当たりクジに、死ぬほど戸惑った。心底小心者なのである。

「そ、そりゃわしくらいになると、人を大勢使っておるから、そのくらいでないと勤まらん」

というような意味のことを、夢うつつでつぶやいた。

「うわあ、社長さんですか?」

そう言われてはもう引っ込みがつかない。

「え? う、うむ、まあ、そんなところだ」

昂作は自分の発した罪深い嘘で、膝のあたりが震えはじめた。

「わあ、どうりで貫禄あるって思っちゃった。またおつぎしちゃうわー」

それからさらに彼女は、こう続けて言った。

「で、私、関西のどこだと思います?」

これには昂作は、死ぬほど追い詰められた。崖ふちに立った気分だった。二月だというのに、脇の下を汗が流れた。自分は社長だ、社長ならちゃんと当てなくてはならない、などと自分を見失っておかしなことを考えた。

ええい、ままよ、昂作は清水《きよみず》の舞台から跳びおりるような気分でこう言った。

「神戸かな」

すると恵美は、ついに店内中に響くような大声をあげたのであった。カウンターの男たちが全員いっせいに昂作と、その鼻の頭に浮いた玉の汗を見た。

「きゃあ、すっごおーいー どうして? ねえ、どうしてなんです? どうして解っちゃったのかしら、不思議ねえ。ねえ、どうしてなんですかあ⁉」

昂作は思わぬ幸運に感謝するというより、その重圧感により、息が止まりそうであった。それで、これはもはや退場の頃合いだと、急いで判断した。これ以上いてもボロが出るだけだし、なにより喜びのあまり体が震え出して、満足に口がきけそうもないのである。

田中昂作は、スツールを滑りおり、床にすっくと立った。といっても身長が一メートル六十そこそこだから、頭の位置はほとんど変化しなかったが。そうして、「あらもうお帰りですか」の恵美の声を横に聞き、堂々と入口の福子に向かって進軍した。千三百円の勘定に千五百円出し、釣りは取っておきなさいと生まれてはじめて言い、寒空の表へと歩み出たのであった。

ともあれこれで自分は他の男たちよりは一歩先んじた、昂作はそう信じた。その夜は喜びのあまりなかなか寝つけなかった。

3

ところが翌日行っておた福のカウンターにかけてみても、格別昂作の地位が店内で向上しているふうでもなかった。恵美はさすがにまた名前を訊きこそしなかったが、他の若い客たちのグループと話し込んで、昂作の方にはボトルの酒をつぎにさえこなかった。

昂作はむろんがっかりはしたが、女にうぶな彼は、これはあの娘が自分に惚れたせいに違いない、照れ隠しなのだと考えた。

やがて三月も末になり、萩尾恵美がおた福に入ってから二カ月近くが経った。その間昂作は、ほとんど毎日おた福のカウンターにすわりに行ったが、その頃になってもやはり恵美と一番心の通じる会話をしたのは、あの故郷を当てた夜が最高なのであった。

恵美のおた福での人気は連日うなぎ昇りとなり、店はますます大繁盛で、彼女を紹介した薬局の経営者は、今や客内ではＶＩＰ待遇であった。しかし聞いてみると彼も、格別恵美と親しい間柄というわけではないようだった。彼のやっている薬局に彼女がよく買物にきていて、気楽に働ける店はないかと相談を受けたという、その程度のつき合いらしい。

薬屋はなにかにつけ、自分が恵美の世話人であるかのようにふるまおうとしていたが、しかし、彼が自発的にその地位を辞退したくなる日がきた。

四月のはじめだった。いつも明るく、天真らんまんといった風情《ふぜい》の恵美が、カウンターの中でひどく元気がなかった。伏し目がちの目で、自分の手もとばかりを見ている。妙におどおどしているふうでもある。

その頃になるとさすがの昂作も、恵美は自分に惚れているのではないのかもしれないと考えるようになり、以前の一番隅の指定席に戻っていたので、カウンターの中で隅に行きたがる風情の恵美は、いきおい彼の目の前になった。したがってぼそぼそと福子に耳打ちする内緒話の端々《はしばし》が、昂作の耳に届いた。

「どうしたのかね？　ええ？」

勇気を出し、昂作が思い切ってそう話しかけると、福子は恵美の顔をうかがう表情をしている。恵美がややあって、

「社長さんにも聞いていただくわ」

と決心したように言った。

萩尾恵美がこの時、昂作と福子に打ち明けた話は、大よそ次のようなものである。

実は自分は現在ある若い男と暮らしているのだけれども（それを聞くと昂作は、ハンマーで頭頂部に一撃をくらったような気分になった。昂作は、恵美は処女と信じていたのである）、前から自分にしつこくして、パトロン気どりの男がいた。この男に自分は借金があるのだけれども、それをきれいに清算し、きっぱり手を切って、今の若い男と一緒になるつもりでいた。しかし新しい男も頼りがいがなく、今まで金ができなかった。

そうこうするうち、どこをどう聞き込んだものか、古いパトロンという男が、なん

とこの店を嗅ぎつけて今夜来てしまった。あそこの一番向こうにいる肥《ふと》った男がそうで、三人手前の若い男が今の恋人なのだと話した。

　このまま二人が、互いに相手をそれと知ったらどんなことになるか解らない。刃物沙汰にもなりかねない。今夜は何とかごまかし、若い男は狭いアパートでも見つけて出ていかせる。とりあえず別れるつもりだ。

　でもとにかく今はもとパトロンの方だ。店まで来られてしまっては、今すぐ借りた金を突き返すほかはない。何をするか解らない男だから。だから、今すぐお金を貸してもらえないだろうか、そう言うのである。恵美は見るからに憔悴《しょうすい》しきった蒼い顔をして、おろおろと立っていた。

「それでいくらなの？」

　福子が声をひそめて訊く。

「それが……」

　と恵美は言い淀《よど》んだ。

「百万なんです」

　福子は溜め息をついた。

「そんなには今ないわ。急に言われても」

「いえ、私にも多少の貯《たくわ》えはありますから、全額でなくていいんです。貸していただけたら、私一生懸命働いて返します。どんなことでもします」

見ると恵美は目に涙を浮かべている。昂作は可哀相になった。

「おかみ、貸してやりなさいよ」

そう口を出した。

「でも、今ここにあるのは五十万円が目いっぱいよ」

昂作は、ここで自分が勇気を出さなければと思った。恵美は若い男の方とも別れたいような口ぶりだ。ここで恩を売っておけば、あとでひょっとしないとも限らない。昂作は、妻とのことの時、近頃はいつも恵美の裸体を思い浮かべるようにしていた。この時も、ちらとその空想が脳裏をかすめたりした。この日、昂作は珍しく五万円の現金を財布に持っていた。

「そ、そうか、よし」

昂作は言葉だけは鷹揚《おうよう》に言いはじめた。

「わしがここに……」

言いながら背広のポケットの財布を探った。この時も実はまだ内心迷っていた。

「ここにわしが五万ある。いつもならもっと、七、八十万は持ち歩いておるんだが、今日はちょっと昼間、大口の買物をしたものでな。うむ、そうか、よし……」

そこまで言ってもまだ彼は、決心がつけられずにいた。そして数秒の躊躇《ちゅうちょ》の後、清水の舞台から跳びおりる決心でこう言った。

「これを、か、貸そう！」

たった五万円のくせに、昴作はめいっぱい持って廻った言い方をした。ずいぶん時間がかかった。

計五十五万、恵美の話ではまだ半分近く足りないはずであるが、それでも彼女は目に涙を浮かべて喜んだ。

「ありがとうございます。本当にありがとうございます。私、一生懸命働いて、一日でも早く返すようにします。明日から今まで以上に頑張りますから、どうかよろしくお願いします」

昴作は大きく頷《うなず》いた。人助けをした充実感で、その夜は気持ちよく眠った。


当然ながら、その翌日から恵美は行方をくらまし、二度と店に現われなかったのだが、昴作は何か事情があり、もしかするともとパトロンの男にひどい目に遭わされて入院でもしているのではあるまいか、などと胸を痛めていた。

福子は、翌日姿を現わさないとみるとすぐに彼女のアパートへとんで行ってみた。引き払った後で、大家に尋ねても引っ越し先など話しているはずもなく、本籍地も、故郷も、なにひとつ告げてはいなかった。

したがって福子は翌日すぐに、これはしてやられたかと気づいたのだが、昂作はじめ、事情を知る店の常連客たちが、あれは男二人と女一人、計三人の詐欺グループではあるまいかとことの真相に思いいたったのは、なんとそれから一カ月近くが経ってからだった。

萩尾恵美とはまるで兄妹のように親しく、彼女について知らぬことなどないと言っていた町内の薬屋は、とたんに恵美など赤の他人で、知っていることなどなにひとつないと言いはじめた。そんなわけで福子は、彼女を追跡する手がかりはまったく存在しないことを知った。

店は五十万の損害で、それまでに恵美に支払った給料を含めるなら、損害額はさらに増す理屈になるが、いっときは彼女のおかげで店ははやったわけだし、何人か新しいお客もついたから、差し引き、それほど大きな損失にはならないはずであった。丸々損をしたのは五万円を持っていかれ、普段より飲み代も増えていた田中昂作一人であった。

それから昂作は、五万円損した、五万円損したとうわごとのようにつぶやいていたが、その分を取り戻そうとおた福からしばらく足を遠ざけたため、おた福へは以前と同じ月一回程度のペースに戻り、貯金ももと通り貯まりはじめた。こうしていつのまにか一年が経った。

昭和五十二年が明け、昂作もいよいよ四十になったので、建売り住宅探しを再開した。一人不動産屋廻りをするようになった。女房も一緒に廻りたがったが、なにしろ子供が小さいため、それもままならない。

以前はバス利用の物件は避けていたが、それではとてもよい出ものなどありそうもないので、もう贅沢は言わないことにした。

そんな頃、昂作の勤める会社が創立二十周年を迎え、小さなゴムボートのメーカーにしては異例の派手なパーティをやった。銀座の大きなビヤホールをひと晩借り切り、昂作はただ酒に大いに酔いしれた。それから社長に連れられ、銀座のクラブというところへ、生まれてはじめて入ることになった。

Pというその店は、並木通り沿いのビルの四階にあった。エレヴェーターに乗って四階へ向かう間も、脚の綺麗な背の高い銀座の女性と一緒になり、純情な昂作は胸の高なりをおさえることができなかった。

重そうな木の扉を開けると、昂作にとって、そこはまさに夢のような別天地だった。床にも、テーブルにも、カウンターの端にも、高価そうな花がこぼれるほどに咲き、その間を往き来する肩もあらわな女性たちは、まるでこの世の者でないほどに美しく見えた。

竜宮城へ迷いこんだ浦島太郎も、この時の昂作ほどの感銘は受けなかったであろう。

彼はほとんど息を呑んだ。カーペットの上に立ちすくみ、本当にポカンと口を開けた。同じ地球上にこんな場所があったのかと知った。

半分気を失って立っていると、美しい女に手を引かれ、奥のソファまで引っぱっていかれた。するといつの間にかそこには、社長と専務がおさまっていた。

「田中君は、どうやらこういう場所ははじめてらしいねえ」

と社長が露骨に言ったが、そう言われても致し方がないほどの深い感銘を、彼は受けていた。

夢うつつで昂作は、煙草を取り出していた。横でマッチが擦られる音がして、その小さな炎が、夢のような微笑《ほほえみ》とともに自分に差し出されたのではっと驚き、ようやく自分のやったことが解ったのである。

その炎を、ともすると震えそうになる煙草の先で吸いながら、昂作は銀色の爪や、美しい色をした腕や、それから胸の谷間などを順に眺めていった。この美しい生き物が自分と同じ人間であることが、どうにも信じられない。

「この現場主任にひとつ、ダンスでも教えてやってくれよ」

社長が金歯をむき出しながらホステスの一人に言い、昂作はさして広くない店内のフロアに引きずり出された。社長たちは彼を肴に一杯やろうという趣向である。

しかし昂作はカチカチにあがってしまい、満足に歩くこともできないありさまだったから、当然ダンスどころではなく、社長のもくろみははずれた。ホステスも次第に愛想がつき、サービス笑いもみるみる頰から消えて、早々に席に連れ戻された。

しかしその様子もまた、社長のお気に召した。彼は上機嫌で昂作の肩を叩き、つまみの皿を昂作の目の前に移動して勧めたりした。昂作が会釈をし、その高価そうな果物に手を伸ばした瞬間だった。

劇的な時が訪れていた。伸ばした昂作の手が空中で静止した。二つ向こうのテーブルに、あの萩尾恵美を見つけたのである。

一年ぶりだった。しかし見間違うはずもなかった。昂作は、彼女の顔をまだはっきりと憶えていた。

恵美は、一年の間にますます綺麗になっているようだった。昂作にとって、人種が違うのではないかと思えるほどに美人揃いのこの銀座のクラブにあっても、恵美は少しも見劣りがしなかったばかりか、一番美しいともいえた。田中昂作の心臓は喉《のど》もとまで迫りあがり、まさしく早鐘のように打った。

「どうしたんだね？」

社長が言い、昂作は大あわてで果物を取り、口に放り込んだ。そして夢中で嚙みくだきながら、

「いや、ちょっと思い出したことがありまして、仕事のことを」

などと言ってごまかした。

「仕事のことなんぞもういいよ今夜は！」

社長は大声で言い、それから、こういう堅物なんだこいつは、などとひとしきり昂作をからかった。

田中昂作の頭の中は、まるで台風にもてあそばれる街路樹のごとく混乱していた。どうしよう、どうしてくれよう、と無我夢中で考えた。

すぐ思いついたのは五万円のことである。だが、そんなことよりもっと悪魔的な考えが次第に昂作を捕えはじめた。

あの女は犯罪者なのである。一年前荻窪のスナックから、五十万円をだまし盗った女なのだ。自分はこの事実をはっきりと知っている、そうなると――。

まったく信じられないことだが、もしかするとこの秘密を黙っていてやるという約束と引き換えに、あの美しい女をひと晩自由にできるのではあるまいか？　田中昂作はそう考えたのである。

すると、彼はこの信じ難い幸運に気を失ないそうになった。まるで一億円の宝クジにでも当たったような気分になった。いやそれ以上である。もしそんな夢のようなことができるのなら、自分はその翌日死んでもいい、とさえ本気で考えた。

どのくらい店にいたのか、昂作は半分失神していたので解らない。ふと気づくと社長が立ちあがっており、持ってきていたカバンをホステスから手渡されているところだった。

店を出る間際、昂作は勇気を振り絞って恵美の方を指し示し、名前をホステスに訊いた。

「ああルミちゃんよ」

と昂作の相手をしてくれたホステスは答えた。ルミ、か、と昂作は思った。ルミ、ルミ、とつぶやきながらエレヴェーターに乗った。萩尾恵美は、ここではルミと名が変わっていた。

4

それから毎日、仕事中といわず、おた福で飲んでいる時といわず、昂作は恵美をなんとかひと晩、それも安全裏に、自由にする方法はないものかと作戦を練った。

それにはまずなんといっても、恵美の現在の住所を突きとめることが先決だった。すべてはそれからだ。

ではどうするか、あのPという店に一人で出かけていって、この前席についてくれたホステスと親しくなり、恵美の住所を聞き出すか。しかしそんなことなど思いもよらなかったし、第一そんなことを続けていたら、いかに昂作が人目をひかない人物であるにしても、恵美の方で彼に気づく可能性があった。

となると、勤め帰りの恵美の跡をつけるしか方法はない。

そう考え、昂作は、深夜一時からしばらくPの入ったビルの前に立って張り込んでみた。ところがこれは想像よりはるかに苦行だった。サングラスに五分刈りの男が何人も昂作にがんを飛ばしていく。付近の店の裏口からゴミ袋を持ってたびたび往来に出てくるボーイが、そのたびにまだいやがるという顔をして昂作を見る。

おまけにまだ二月末のことで、ひどく寒い。ようやく華やかな女性の一団が出てきたなと思って身構えたら、呼ばれていたらしいタクシーが一ダースも滑り込んできて、あっさり女性たちは消えていった。恵美がどこにいたのかも解らなかった。

考えてみれば当然であった。こんな夜更けに、それも若い女が一人で自宅まで歩いて帰るはずもない。この仕事には、どう考えても車が必要と思われた。深夜の銀座並木通りは、車で張り込むのは少しも不自然ではなかった。あちこちに駐車や停車をしている車の姿がある。

車となるとすぐに思いつくのはレンタカーだが、いかに深夜料金とはいえ、ひと晩ですむとは限らない。そうなると、いっそ知人関係から安く購入した方が得策かもしれない。今まで何度か安い車の話を聞いたことがある。

さもなければ会社の車を借りるしかないが、これは手続きが面倒だし、幾晩にも及ぶとなると、理由を訊かれて後々やっかいが予想された。

翌日ためしに社の同僚をあたってみると、十年前のポンコツ車で、車検があと三カ月しかないが、それでよければ五万円で売ってもよいという若い者がいた。

早速実物を見に行くと、確かに型は古いが、それほどのポンコツとも見えなかったので、買うことにした。女房に話すと、五万円ならと言っていたが、三カ月後に車検で十五万円かかると言うと、案の定ヒステリーを起こした。

しかし日曜ごとに、子供連れで郊外へドライヴに行ってやるなどと説得すると、そういう光景が近所の主婦に与える効果に思いいたったとみえて、次第に機嫌を直した。そして近くに月五千円の月極め駐車場を見つけてきた。


女房への言い訳に窮するから、そう連夜張り込むわけにもいかない。しかし張り込みの四日目、一階にママ以下どやどやと出てきた女性たちの内から恵美の姿をうまく見分けられ、しかも彼女一人でタクシーに乗り込むところに行き会えた。

エンジンをかけ、昂作がゆっくりとつけて行くと、車は電通通りの渋滞の中をのろのろと進んでソニービルの角を右へ折れ、晴海《はるみ》の方角へ行く。そして歌舞伎座近くの深夜喫茶の前で停まった。タクシーをおり、彼女はMとカンバンの出た喫茶店に入っていく。自動ドアを入り、店の中央あたりのテーブルについた。昂作も、恵美がガラス越しに見える位置に車を停《と》め、じっと観察していた。

すると前方に、クリーム色のベンツがやってきて駐車した。四十歳くらいの、背は低いが、仕立てのよい背広を着た男がおりてきてガードレールを跨《また》ぎ、店に入った。恵美が顔をあげて男に笑いかけ、男はちょっと右手をあげてから彼女の前に腰をおろした。

Ｐの客の一人なのだろう。勤めがひけ、恵美はこうして客の一人と会っているのだ。パトロンだろうか、とも疑ったが、まだそれほど親しくもないようだった。

やがて二人は出てきた。ベンツに乗り込み、走り出した。麻布《あざぶ》方向に向かっているらしかった。麻布に住んでいるのだろうか、と考えながら昂作は尾行する。暗い道にベンツは入り込み、まだ明りをともした一軒の寿司屋の前で停まった。二人は寿司屋に入った。昂作は気づかれるのを怖れ、遥かに離れた場所に車を停め、二人が食事を終えて出てくるのを待った。

一時間近くそこにいて、またベンツは走りだす。桜田通りを、こんどは品川方向へ向かうようだ。横浜へでもドライヴにいくのかと思っているとそうではなく、三田の魚籃坂《ぎょらんざか》下の瀟洒《しょうしゃ》なマンションの前で停まった。

化粧レンガ敷の玄関前にベンツは横づけとなり、恵美がおじぎしながら車からおりている。ベンツの男は別段キスを迫るでもなく、手を握ってすがるでもなく、男らしく手を振ると、さっさと走り去った。

昴作は、五万円の車をできるだけガラス張りの玄関が見える位置につけた。エンジンを切る。

恵美は怪しんで振り返る様子もなく、玄関前の二段ばかりの石段をあがり、ガラスドアの内に入った。自分の郵便受けを開けている。

昴作はこれを待っていたのだった。あの郵便受けの番号を見れば、彼女の部屋が解る。車の中から番号までは読めないが、右端の箱で、下から四つ目だった。そのくらいは解る。

郵便物を抱えると、恵美は奥のエレヴェーターに向かっているらしい。昴作はそっと車からおり、闇にまぎれるようにして、玄関脇の柱の陰まで進んだ。

エレヴェーターのドアが、今閉まるところだった。ランプがひとつ、またひとつと昇っていく。昴作は次に管理人室の小窓を見た。明りが消えている。昴作はドアを入った。

ロビーは広々としている。昴作の社の同僚で、こんな立派なマンションに住んでいる者はない。したがってこんなマンションに入ったのは生まれてはじめてだった。ソファの脇を早足で歩いて、エレヴェーターの前まで行った。明りはゆっくりと昇っていく。深夜で、各階停まりになっているのだ。四階で停まった。それ以上あがらない。昂作がボタンを押すと、明りはすぐにおりてきた。

次に昂作は郵便受けを見た。右端の下から四番目だった。四〇七、と数字が見えた。四階で四〇七、間違いない。

背後で、エレヴェーターのドアが開いた。中に、人の姿はなかった。

四〇七号室の名前は柴田となっていた。柴田ルミ、か。とにかくこれで恵美の現住所は解った。あとは、一人暮らしであることを祈るだけだ。

恵美がおた福の福子に与えた被害額は五十万円である。これは少なからぬ額だ。大変な犯罪である。この事実を世間や福子に黙秘することと引き換えに、ひと晩体を要求する、これはまことに妥当な取り引きと昂作には思えた。しかし、では具体的にどうするか、Ｐに出かけていき、恵美と面と向かい合い、五万円返さなくてよいからひと晩ベッドをともにしよう、と単刀直入に持ちかけるか——。

それではいかにも不安なのであった。何故なら、そんなことをやった日には恵美は店内に響けとばかりに大声で悲鳴をあげ、この人変なこと言うのよと叫べばいい。用心棒を兼ねたバーテンダーが飛んできて、自分はたちまち表へつまみ出されるだけだ。

そうしておいて恵美は即座にマンションへ駆け戻り、部屋を引き払ってしまえばよい。ついでにその夜限り勤めを辞めてしまえば、彼女は再びこの都会の雑踏にまぎれ、自分には二度と再び捜し出すことはできなくなる。そもそも恵美の姿を再びとらえることができたこと自体が奇跡なのである。今の事態は、千載一遇のチャンスなのだ。

つまり、よほど慎重に、心してかかる必要があった。そうさせないためにはどうすればいいか。相手の退路を断っておく必要があるのだ。昂作は気が小さいため、こういうことになるとまことに慎重だった。

退路を断つにはどうするか。それにはなんといっても実家の両親であろうと思われた。どんな犯罪者も人の子だから、故郷があり、その故郷には親がいるはずである。親は隠しようがない。むろんこの親をどうこうしようというのではない。所在を突きとめ、自分が実家を知っているのだぞと匂わしさえすればよいのだ。そうすれば相手は、自分が身を隠しても親に手を出される、それならひと晩くらい相手の要求に応じてもよい、そう考えるのではないか。すなわち退路を断つことになるのである。

昂作は社で外廻りをやる日、手早く仕事をすませて港区の区役所に飛んでいった。しかし柴田ルミ、あるいは萩尾恵美は、現住所を区役所に登録してはいなかった。そうなると、彼女の本籍地などはもう、昂作には調べるすべがない。

昂作は、一年前恵美をおた福に紹介した薬局の主人に会ってみた。案の定彼は、恵美に関してまったく何も知ってはいなかったが、ただひとつ新情報があった。恵美は荻窪時代、同じアパートの住人である斎藤という夫婦と、比較的親しくしていたようだというのである。

恵美のいたアパートはすでに福子から聞いて知っている。昴作は早速訪ねてみた。しかし、斎藤夫婦は半年前に越していた。がっかりしながら昴作が大家に一応会ってみると、この夫婦の引っ越し先を大家はちゃんと控えていた。板橋区上板橋一丁目だという。

大家も、恵美についてはなにひとつ知ってはいなかった。実家も聞いていないし、故郷から手紙も荷物も来ていたふうではないと言った。これはどうしても、上板橋の斎藤夫婦を訪ねてみるほかなさそうである。

斎藤夫婦の新しいアパートは、東武東上線の上板橋駅から歩いて十五分ばかりのところにあった。部屋のドアを叩くと、五十くらいの、なかなか気のよさそうに見える主婦が顔を出した。自分の女房と同種類の女だなと昴作は見当をつけた。

訪ねていきなり、荻窪で同じアパートの住人だった萩尾恵美の実家がどこか知らないかと訊くのだから、昴作としても事情を話さないわけにはいかない。恵美が勤め先のおた福と自分から、五十五万にものぼる金を盗んだのだと話したら、彼女は目を丸くして絶句した。

「恵美ちゃんがね！」

と言ったまま、二の句が継げないようであった。彼女にとっても、恵美はおた福の素朴なファンたち同様に、明るく、気だてのよい娘であった。

だが、恵美はやはりここでも、実家の所在地について洩らすような失敗はおかしていなかった。彼女の思い出せることは、荻窪のアパートの大家の知っている事実と大差はないのだったが、ただひとつ、彼女は話し込むうち重大な事実を思い出した。なにかの時、恵美は確か十九の時の一年ほどを、神戸のなんとか海運という船会社に勤めていたと、洩らした記憶があるというのである。

すると昴作には、思い当たることがあった。いつぞやおた福で、出身地が神戸だろうと当て推量を言った時、当たったと言って、恵美が大騒ぎをしたことがあった。あの事実ともこれは符合する。

彼女はそれからも一生懸命船会社の名を思い出そうとしてくれたが、結局駄目だった。無理もない。一年前、ほんの一度小耳にはさんだだけなのである。得た事実はこの一点だけだったが、充分収穫といえた。昴作は礼を言い、斎藤夫婦のアパートをあとにした。

運がよいことに四日後、昴作は関西出張が決まっていた。それまでいっこう気乗りがしなかったのだが、目的ができた今、大喜びで新幹線に乗った。

昭和五十一年当時、おた福で恵美が、自分は二十二だと言ったことがある。もしそれが本当なら、十九歳の頃となると、それより三年前、したがって昭和四十八年ということになる。

だがこれはいかにもあてにならなかった。まともな女でも自分の年齢となれば平気で嘘をつく。まして詐欺を働こうかというような女である。

しかし当たってくだけろの気持ちで昂作は、大阪の仕事を手早くすませると神戸に飛んだ。そして電話帳を繰り、——海運と名のつく会社を片端から抜き書き、電話を入れた。

名前も出身地も出身学校も解らない。写真を持って直接廻るわけでもなく、容貌を電話で伝えるだけだから人相風体の説明も正確にはならない。頼みの綱はただひとつ、昭和四十八年前後、一年だけしか勤めていないという点である。

神戸に船会社の数はうんざりするほど多かった。電話だけでも半日仕事だった。これが会社の仕事だったら昂作はとうの昔に放り出しただろうが、あの萩尾恵美の裸身をこの手に抱くため、と考えて頑張り通した。

それらしい話がなんと七件もあった。若い娘というのは、一年程度で会社を辞める例はすこぶる多いらしいのだった。これからその七軒の会社をそれぞれ当たり、人事課に寄って写真を見せてもらうのである。

覚悟はしていたが、その夜は神戸泊まりになった。その日のうちに廻れたのはたった三軒だけであった。

翌日も朝早くから始めた。四軒目、五軒目も違った。履歴書に、見たこともない娘の顔写真が貼られているのを昂作は見せられ続けた。

これは違うかもしれない、と六軒目でさすがに昂作は思いはじめた。考えてみれば、最初から詐欺を働くつもりで入った飲み屋で、客に本当のことを言うはずもない。神戸出身、あるいは神戸にいたというのも嘘であろう。そうだ、その可能性の方がずっと高い。

一度そう疑うと、それでもうまったく、間違いがないように思えてくる。案の定六軒目も違った。こんな時間の無駄などしていないで、もう東京へ帰ろうかと思いはじめた。よしんばこの付近の海運会社に勤めたのが事実でも、神戸ではなく、西宮とか明石《あかし》とか、この近隣のそんな都市かもしれない。それでも人に話す時は神戸と言うであろう。そう考え、よほど新神戸駅へ向かいかけたのだが、せっかくだから最後の一軒も廻っておくかと気をとり直した。場所がそう遠くでもなかったからである。

人事課で履歴書の写真を見せてもらった時、昂作はあやうく大声をあげるところだった。まぎれもなく萩尾恵美の写真が、そこにあったからである。髪をおさげにして、セーラー服を着ている。ひどく田舎じみているが、間違いなく恵美だった。

住所を見た。岡山県倉敷市新田一の××の×となっている。岡山県だ。神戸の出身ではなかった。最終学歴は、倉敷女子商業高校となっている。

両親の名は福住《ふくずみ》進太郎と民子。そして当人の名は福住憲子《のりこ》であった。

5

目もくらむ、美しい女たちの世界のドアを押し、貧相な田中昂作が単身Pに入って行くと、ボーイがまるで咎《とが》めるような目つきで、彼の体を上から下まで眺めることを遠慮しない。

手近なところにいたいつかの娘が立ちあがり、あらあ、とかたちだけの愛想を言うと、昂作の手を取って以前と同じ席へ引っぱっていかれた。

今夜の昂作は、目的があるだけに、いつぞやの夜以上に緊張していた。立っていてもソファに腰をおろしても、ともすると膝が震えそうになった。

「社長さんのボトル、出します?」

と昂作が腰をおろすと彼女は訊いた。

「めっそうもない！」

と彼は即座に言い、

「ビールでいい」

と言った。それから、

「ご指名だ、ルミさんを頼む」

と震えそうになる声をあえて覆い隠しながら命じる。

「あら、うちはご指名はありませんのよ」

と彼女が笑いながら言ったので、馬鹿にされたような気分になり、

「いいんだ、ルミを頼む。呼んできてくれ！」

と怒ったように言った。

あまり広くもない店内だから、昂作は入るなりルミ、いや恵美の姿を認めていた。それもあってこれほど緊張しているのである。

彼女が立ちあがり、ルミのそばに行って身を屈め、なにごとか耳打ちをしてこちらを指さすのを、昂作はじっと見ていた。やがてルミがつと立ちあがり、薄物の袖をひらひらさせながらこっちへ向かってやってきた。昂作の心臓は、早鐘のように打つ。

「あらこちら、はじめてでいらっしゃいますわね」

前でなく、昂作の隣りに腰をおろしながら、恵美は言った。二の腕に、両手をから

ませてきた。彼女はおた福の常連客の顔をすっかり忘れているのだ。

しかし、それは昂作も大差はなかった。彼もすっかりあがってしまい、わざわざ神戸まで出向いて調べあげてきた恵美の本名を、どうしたわけかちっとも思い出せないのだ。あらかじめ考え、百回も反芻してきたセリフも、きれいさっぱり忘れてしまった。心臓が、まるで自分のものでないように激しく打ち、送り出された血液が耳のあたりに届いているのがはっきりと解った。

「は、は、は、はじめてじゃないんだがね、君」

とようやく言った。精一杯に格好をつけようとしたが、声はみじめにうわずってかん高く、まるで悲鳴のようだった。

「あら、前にもいらっしゃいまして？」

「こ、この店じゃないんだ。い、いや、この店にだって何度か来てはいるが、その時じゃないんです」

昂作は、自分がなにを言っているのかよく解らない。言葉の最後に福住憲子君、とひと言付け加えたかったのだが、この名がどうしても思い出せないのである。

しばらくの沈黙。恵美も、この男は何者だろうと考えている。

この沈黙は、昂作にとって実にまずかった。彼の緊張は果てしなく嵩《たか》まっていき、今や足の震えは肩をはじめ全身にまで及び始めた。いかん、と昂作は思い、震えを止めようとテーブルの両端をむんずと摑んだ。するとテーブル全体がみるみる振動を始め、テーブルの上のグラスや、アイスペールが派手にがちゃつきだした。

昂作は真っ赤になり、あまりのことに動顚《どうてん》した。ガラスが振動する音に、付近の客たちの目がいっせいにこちらへ注がれた、らしかった。気恥ずかしさで失神しそうになった。

一方ルミも、呼ばれてやってはきたがなにも喋らず、いきなり震えだしたこの客が、さすがに不気味に思われてきたらしかった。腰を浮かせ加減にして、

「じゃ、あたしちょっと……」

と言いだした。昂作はそうなると死ぬほど焦り、

「ま、待つんだ、わ、わしは社長だ！」

と悲鳴のような声をたてた。サラリーマンの悲しさで、昂作は社長だのひと言が、あらゆる人間の行動を規制する最後通牒《つうちょう》のようなものと信じていた。これは骨身にしみているのだ。

だが、彼のこの社長だのひと言が、恵美に一年前のかすかな記憶を呼びさまし始めたらしかった。誰だったかしら、という表情が顔に浮かんだ。

「わ、わしは社長だ、だ、だから金だ。いや金が、いや金なんだが……」

昂作は、相変わらず自分がなにを言おうとしているのか解らない。ひたすら全身に

汗をかいていた。しかし体は、まるで北極にいるように震え続けた。

「社長だが、私は体が悪い。これはちょっと持病なんだ。寒い、そうだ、寒いんだ。この店は少し寒い。だからわしは社長だ」

しかし失神寸前まで取り乱した昂作だったが、ようやくここで天啓が訪れ、思い出したかった事柄が脳裏によみがえった。

「ふ、福住憲子だ！　そうだ、あんたは福住憲子だ」

このひと言は、さすがに絶大な効果を発揮した。恵美、いやルミ、いや憲子は、電気に打たれたように立ちすくんだ。

「ちょっと待ってて下さい。すぐ戻りますから」

とようやく言った。

「ちょ、ちょっとも待てん。こ、ここは寒すぎる。わ、わしは帰る。そして、歌舞伎座の近くのMで待っておる。か、か、か、必ず来なさい。わ、わ、わ、わ、わ、るいようにはせんから」

昂作はそれだけ言うのがやっとで、死にもの狂いで立ちあがると、萎《な》えた膝をだましだまし、這《は》うようにして出口へ向かった。このままではMへたどり着くことも危ぶまれたが、ボーイに四万二千円ばかり請求されたので、ショックで歩けるようになった。

Mで、昂作は小一時間待った。店に入ってしばらくすると震えはおさまったが、待たされているうち、恵美が男の仲間をともなってくるのではあるまいかと思いはじめ、また恐怖で震えだした。自分はアマチュアなのだから、体の要求などという馬鹿なことは考えず、五万円だけ返してもらってさっさと帰ろうか、と気弱なことを考えた。昂作は、今夜恵美とベッドに入る時のことを考え、下着も新しいものをつけ、ラクダのももひきも穿《は》かないできていた。さっき震えがきたのは、そのせいもあったのである。

自動ドアが開き、はじかれたように昂作が顔をあげると、はたして恵美が入ってくるところだった。やはり来た。そして彼女は一人だった。昂作はほっと安堵《あんど》した。

恵美の顔に、Pでのような愛想笑いはなく、ふてくされたような笑いが浮かび、昂作の前にどすんと腰をおろした。

一年前、荻窪のおた福で五万円貸した田中なんだが、と昂作が言うと、

「なんだ、そうだったの」

と恵美はさっさと言った。

「で、お金返して欲しいわけ？　社長さん」

しかし、昂作は天使をまのあたりにしたように、恍惚となっていた。

「わ、わたしは、か、金のことなんか、なんともない。い、痛いことも、痒《かゆ》いこともない。た、たった五万の、は、は、は、は、ははは」

昂作は、はした金と言おうとしたのだが、激しくどもってしまったので、いっそ笑ってしまうことにした。

「じゃあなに？」

「わ、わたしは社長だ」

「それはもう解ったわよ。あなた、私と寝たいんでしょ？」

恵美はあっさりそう言った。昂作はかえってあっけにとられた。

「寝るというと、あの、させてもらえるんですか？」

と訊いた。恵美は鼻先で笑い、

「ほかになにするの？」

と言った。

「いいわよ、ただしひと晩だけよ。ひと晩だけと条件付きならＯＫよ。それで今後いっさい私のこと忘れてくれるっていうのならね」

「ひ、ひと晩だけでいいです」

昂作は答えた。

6

あんまりあっけなかったので、田中昂作は拍子抜けした。これなら神戸くんだりまでわざわざ出かけることもなかったかもしれなかった。魚籃坂下のマンションまでは、昂作の車で向かった。ベンツと違って粗末な助手席で、恵美は終始黙りこくっていた。

いよいよだ、いよいよだと昂作は思った。

いよいよこの天使のように美しい女のドレスの下を拝める時が来たのだ、そう思うと三たび体が震えてくる。こうなるともう快感だか苦痛だか自分でもよく解らなくなってきた。こんなことで、はたして首尾よくことを成せるのであろうか。

マンションのがらんとしたロビーを、恵美のあとをついて歩いていき、各階停まりになっているエレヴェーターを四階でおりて、恵美の部屋に入ると、香の匂いがした。2LDKらしかった。リヴィングに置かれたソファの後ろのカーテンを引くと、点々と明りをともした東京タワーが見えた。

「なにか飲む？　社長さん」

恵美が言い、ブランデーの瓶を持ってきた。昂作がその酒をちびちびと舐《な》めていると、恵美が便箋を持ってきて、昂作の目の前のテーブルに置いた。

「これに一筆書いてよ。今夜限りでもう私の跡はつけ廻さないって」

昂作は一応抗議しようと考えたが、まあよいと思い直し、言われる通りに書いてやった。目前まで迫ったご馳走に、われを忘れていたからである。体は、時おり思い出したように震える。

ところが寝室でさっさと先に服を脱ぐ恵美を前にしても、思ったより興奮がないので昂作は首をかしげた。夢にまで見た瞬間なのに、こんなはずはない、と幾度も首をかしげた。まるで映画か、雑誌でも見ているような気分なのである。ひどく他人ごとのような印象だった。

昂作は、肥満して、しかもしわの多い女房の裸ばかり見ていたので、均整のとれた若い女の裸を見ても、どうやら性的興奮はしなくなってしまったらしい。

「どうしたのよ、社長さん、突っ立ったままで」

裸の恵美にそう言われて、彼もあわてて服を脱いだ。痩せた胸、貧弱な腕、そのくせ胸の肉が下にずり落ちたように膨《ふく》らんだ腹。細い臑《すね》、とび出した膝、昂作は自分の醜さに縮みあがりそうであった。

「早くしてよね！」

ベッドに入りながら、恵美が叫ぶように言う。おずおずと、隣りにもぐりこんだ。

「何だ？　これ」

白く若い恵美の肌と、しなびてどす黒い自分の肌の違いはあきらかであった。恵美の肌の上に手を載せ、ゆっくりと滑らせると、それだけで恵美は痛いと悲鳴をあげた。昂作の手は、連日の作業でささくれだっている。まったく社長らしからぬことである。

社長らしからぬといえば、ベッドに入ると昂作の震えは今や痙攣となり、寝返りを打って恵美が手廻しよく差し出す避妊具も、満足に受け取れないありさまで、しかも入口に触れるか触れないかのあたりで悲鳴のような声とともにあっさり果てたので、そんな必要もなかったことになる。

昂作はわけが解らなかった。快感もなにもなかった。成果といえば、体の震えがおさまったことくらいである。生涯最大の夢を実現したはずの事件であったのだが、それも素早く終り、もっともっと、もっと快感があっていいはずだ、それなのに、という割り切れない気分ばかりが残った。

虚《うつ》ろな気持ちで、昂作は恵美と枕を並べ、あおむいて天井を見ていた。恵美はなにも言わなかった。そしてやがて昂作が発する言葉に、面倒臭そうにではあったがぽつりぽつりと答えてくれた。

それによると恵美は、おた福の時の二人の男とは別れたという。今、言い寄る男は多いが、誰にも心は許していないと語った。つまり、今彼女には男はいないのだった。

昂作に、恵美の肉体を征服したという充足感は皆無であった。まのあたりにした恵美の体は素晴らしいものだった。とても自分などにはもったいない、とそう思い、その落差が、このお粗末なセックスとなった。

この若く、素晴らしい体に互角に立ち向かうには、一日では無理であった。次の機会、さらにその次の機会がもし許されるなら、もっとずっと満足のいくセックスができるであろう、そう昴作は思った。一度で、それもたった今のようなお粗末なセックス一度きりで永久に別れてしまうのは、いかにも惜しかった。

毛布を蹴とばし、昴作は跳ね起きていた。恵美が小さく悲鳴をあげた。ベッドの上に正座し、さらに土下座した。そしてこう言った。

「な、頼む。頼みます。わしに面倒見させてくれ！　しばらく、しばらくの間でいい。わしのものでいてくれ。一年でいい、いや、一年とは言わない。半年でいい。いや、四カ月でも五カ月でもいい。わしに面倒見させてくれんですか」

恵美は身を起こし、毛布をたぐり寄せると、なに言ってんのよ、と鼻先で笑った。

「な、わしはあんたに惚れてしまった。ぞっこんなんだ、ぞっこん惚れてしまいました。お願いします。この通りです！」

昴作はやや薄くなりはじめた頭をシーツにこすりつけた。

「な、なんぼくらいやろ？　なんぼあれば生活できるか？　店は別にしばらく辞めんでええ。に、二十万くらいあればいいか？」

この二十万という金額は、昂作としてはかなり奮発したつもりであった。何故なら、昂作の手取りの月給より多かったからだ。その金額内で、昂作の家族四人は暮らしていた。

しかしこの時、恵美は目を丸くした。何故そんな表情をするのか、昂作には解らなかった。

「冗談言ってんの？　社長さん。ここの家賃だって十四万なのよ」

昂作こそ一瞬、彼女が冗談を言っているのかと思った。昂作が二十年近く住み続けている現在のアパートの家賃は、二万九千円であった。

昂作はあわてた。ここで安く見られては負けだと気をひきしめた。

「わ、わしは今、多少貯め込んどるんだ。わし個人の小遣いとして、さ、三千万ばかりな」

三倍にして話した。この金額の響きが、恵美には、若干の神通力を発揮した。彼女は、三千万ごっそりとれるものなら、しばらくこの猿のものになってもよいかなと考えはじめた。

「あら、社長さんとしては少ないんじゃないの？」

「い、いや、これは小遣いだ。ほかにももっと自由になる金はある」

「そうねえ……」

恵美は思案げに考え込んだ。

「部屋代が十四万、生活費が最低で三十万、あと、お洋服のお金もいるから、これが四十万くらいかしら。だから九十万くらい月にいただければ、なんとか最低やっていけるわね」

こともなげに、彼女は言った。

「九十万……」

昂作はまた失神しそうになった。しかし彼は男らしく、

「九十万か、よ、よし!」

と言った。彼の転落の始まりだった。

7

恵美の面倒を見るようになってからも、昂作は時たまおた福へ飲みにいった。一年前、恵美に熱をあげていた常連客の顔を見ると、今恵美は俺のものなんだぞ、ざまあみろ、と大声で叫びたい誘惑を押えるのに苦労した。しかし相変わらずといった様子の彼らの顔を眺めることは、月々高い金を取られていることの、せめてもの腹いせに

はなった。

九十万円分のもとを少しでも取らなくてはと思い、昴作は一日も欠かさず（日曜でさえも）、恵美の三田のマンションに行った。たいていは、恵美が出勤する前の一時間ばかりしか逢えなかった。昴作が勤めを終えてから駈けつけるためである。彼女が勤めを終える深夜一時すぎからマンションで逢うこともあり、昴作としては毎晩そうするに越したことはないのだが、あまり深夜帰宅が連日になると女房に怪しまれると思い、これは週二、三度に押え、夕方に多く逢うようにした。

しかしいつまでたっても、恵美は自分のものだという感覚が、昴作にはしなかった。情事もさすがに充実してきて、恵美もそれなりに楽しんでいるふうになり、昴作は恵美の尻の右側に、大きな青いアザがあることまで知るようになったが、だが恵美はたくみに自分と距離を置いているように、昴作は感じた。

やがて春がすぎ、梅雨の季節も逝《ゆ》き、夏もすぎて、一年と三カ月が経った。田中昴作とその妻が、爪に火をともすようにして貯めていた九百九十万の住宅貯金は、あらかた彼女の銀行口座に引っ越しし、残りはわずかに数万円ばかりになっていた。しかもそれでも足りず、昴作は方々に借金を作っていた。思えば、よく妻にばれなかったものである。

昴作は、自分の現状を思い、時にひどい絶望感に陥る時もあったが、それでも彼女の白い裸身をかき抱く時、やはり至上の幸福を味わい、この幸せのためになら自分のすべてを投げ打ってもよいと毎度思った。そしてこんな上玉の二号を持っている事実こそ、自分の男としての魅力と実力をさし示すものである、などと見当違いの酔い方をしていた。あるいは酔おうと努めていた。そうするうち、あり金の減少と、ますます強くなる一方の恵美への愛情から、妻子と別れ、恵美と結婚したいと真剣に考えるようになった。

昂作の考えはこうであった。女は誰でも男と体の関係ができると結婚して欲しいと願うものだ。恵美もきっとそう思っている。しかし今の妻と別れるには、ずいぶんとやっかいが予想される、どうしたものだろう、彼女とベッドに入るたび、昂作は心の内でそんなふうに悩むようになった。

その頃になると、恵美はむろん昂作が社長などでなく、ゴムボートを製作する町工場に毛がはえた程度の中小企業の、それも単なる現場主任であること、住宅貯金として貯めた金は一千万にも充たないことなどすっかり調べあげていた。これ以上この小男から絞り取れるものはないこと、したがって別れる潮時がきていることを心得ていた。

「ねえ社長さん、お願いがあるの」

昭和五十三年、五月の深夜のことだった。ことが終った後、恵美がそうベッドで切りだすと、昂作は、いよいよ結婚をせがまれるに違いないと考え、身がまえた。ところが、彼女は彼が思ってもいなかったことを言った。

「ねえ、私を、もう自由にしていただけない？」

昂作はぽかんとした。自由にして欲しいとは、別れたいということだろうか？　しばらく沈黙してじっくり考えたのち、昂作はやおら怒りを爆発させた。

「男ができたんだな⁉」

彼はそう叫んで身を起こした。

しかし恵美は賢い女で、こういう時、男をどう扱えばよいか心得ていた。特に興奮させてはいけないことをである。そこで彼女は静かにこう言った。

「ううん、あなたにはお世話になったわ。短かかったけど、社長さんとおつき合いできて、私本当によかったって思ってるの。私、社長さんのおかげで人間としても、女としても、とっても成長できたわ。本当よ」

恵美は、昂作の首筋に優しく指を這わせながら言う。

「男ができたんだろう？　解ってるぞ」

昂作はなおも言った。彼は絶えずこの問題で怯えていた。この一カ月ばかり、恵美の挙動があきらかにおかしく、誰からとも知れぬ贈りものが、以前よりずっと多かった。

「ううん、なに言ってんのよ」

恵美は甘えてみせた。

「社長さんのほかに男なんていないわよ。そりゃ言い寄ってくる男はいるけど、社長さんより立派な人なんていないわ。

でも社長さんは妻子ある身、一家の大黒柱でしょう？　私、これ以上奥さんを苦しめたくないのよ。それに私だって年相応の幸せを摑みたいし……ね？　解って下さるでしょう？　私、社長さんのおかげで本当に立派に成長させてもらったわ」

これは貯金通帳がである。

「とっても感謝してるの。私、あなたのこと、死ぬまで忘れないわ。社長さんって素敵な人のこと私、一生忘れられない大切な思い出の箱に、そっとしまうの」

そして恵美のこの言葉に応えた昂作のセリフが、この後のすべての悲劇を生んだといえる。

「恵美、わしはな、おまえと結婚してもいいと思っとるんだ」

恵美はいつかのように、目を丸く見開いた。不思議そうに、しばらくそうしていたが、こらえきれず、ぷっと吹き出した。それが引き金となり、とうとうげらげらと笑い転げた。ヒステリーを起こした彼女は、そしてこんなふうに叫んだ。一年以上こらえにこらえていた感情が、ついに爆発したのだ。

「なに言ってんのよ！　自分をわきまえなさい！　たかだか町工場の現場主任のくせに！」

この瞬間、どういう不可解な理由からか、昂作はこの女には男ができたんだと確信した。

「男ができたんだ！　男ができたんだ！」

そう叫びながら、恵美に摑みかかった。力の限り首を締めあげながら、

「渡すものか！」

と大声で叫んだ。

昂作は、これまでの自分の全生涯を、恵美に捧げていたのだった。彼は文字通り九百九十万の貯金のためにこれまで働いてきたのだし、その金がすっかり恵美の懐《ふところ》に引っ越したのだから、結局のところ生涯を恵美のために働いたのだという理屈になる。そうなら恵美を失いかけているたった今、彼自身が自分の人生をすっかり投げ棄てるような行動に出たとしても、別段不思議はないともいえた。

ふとわれに返ると、恵美は動かなくなっていた。昂作は、白い肉のうちにめり込んでいるような自分のささくれだった太い指を、金のネックレスがからんだ恵美の細っそりした首筋から、苦労して剝《は》がした。自分の指の跡が、醜く、赤紫色になって遺《のこ》っているのをしばらく眺めた。

激情が遠のき、正常な意識が戻ってくるにつれ、昂作は瘧《おこ》りがついたように震えはじめた。信じ難いことだが、彼は今、殺人者になったのだった。

なんとかしなくてはならない、なんとかしなくては。彼は考えた。落ちつけ、落ちつけ、昂作は必死で自分を励ました。死刑にはなりたくない。なんとか、助かる道はあるはずだ。

時計を見た。午前二時前だった。もう周囲は寝静まっている。さっき、恵美は悲鳴はたてなかったように思う。確かか？　自分に問うてみる。だが、確かなところはどうしても思い出せない。

どうすればいい――？　とにかく、いつもと同じ行動をとることだ。そろそろアパートへ帰らなければ。今季節は春、死体を明日の夜まで置いておくくらいなら、腐る心配はない。当然明日の夜、恵美は店へ出ないことになるが、そう解るのも明日の夕方だ。考える時間は充分にある。

だが、彼女の死体をこのままベッドに置いておくのはまずい気がした。店のママあたりが、明日の昼、絶対に訪ねてこないとは言いきれない。来ても室内には入れないはずだが、なにかで勘を働かせ、管理人に頼んでドアを開けさせないとも限らない。

昂作は、裸の恵美の体を抱きあげた。まだ体温が感じられたが、すでに冷えはじめている。和室へ運び、押入の襖《ふすま》を開けた。上段の、座布団の上に寝かせた。しばらく手首を握り、脈がないのを知りながら、蘇生《そせい》しないものかと待ってもみた。まったくその気配はなく、彼女の体はどんどん冷えていった。

襖を閉め、身支度を整えると、忘れものがないことを慎重に確かめてから、昂作は足音を忍ばせ深夜の廊下に出た。エレヴェーターで人と行き会うことを恐れ、恵美の部屋のすぐ脇にある非常階段をおりた。すると路上に止めておいた車のすぐそばに出られる。

車に入り、エンジンをかけ、ともかく昂作は、荻窪に向かって走りだした。

8

車の中でも、暗い部屋で女房子供の隣りに横になってからも、昂作は考え続けた。死体がなければ殺人罪は成立しない、昂作もそのくらいは心得ている。したがってこうなった以上、なんとしても死体を処分してしまう一手だった。しかしどこへ？どうやって——⁉

だがそう考える時、自分の場合、非常に幸運ではあった。恵美はたまたま今、自分以外に親しい男はなく、同性の友人もなかった。彼女の友人は貯金通帳だけなのである。

加えて彼女は、倉敷の田舎を家出してきた娘で、実家の両親とも連絡をとっているふうではない。そして詐欺師まがいの生活を続けてきたような女だから、この都会で隠れ住むような暮らしを続けてきている。

つまり突然に姿を消しても、ほかの者に較べ、はるかに危険が少ないのだった。不審に思い捜索願いを出したり、親身になって行方を捜したりしそうな者は、彼女の場合存在しないのである。昂作は一年以上毎日彼女に会っていたのだから、そういうことをよく知っていた。

唯一の心残りは今勤めている店であるが、それも、無断で店を辞めてしまうようなホステスなどいくらもいるだろう。

さらに今となってはうまいことに、恵美は昂作がパトロンであることを恥じていたふうで、仲間にいっさい昂作の存在を洩らしていない。一方昂作の側も、恵美のことを誰かに自慢したいと思わない日はなかったが、結局誰にも話さずにきている。友人がなかったせいである。

また今度の場合、恵美を気に入ってPに通いつめ、落とすという一般的プロセスを踏んでいないため、Pの者たちに恵美の失踪を、自分と関連づけて考えられる気遣いもなかった。

気がかりがあるとすれば、自分が恵美の実家の住所を訪ね歩いた上板橋の斎藤や、神戸の海運会社、荻窪の薬局の主人などだが、これもおた福の恵美とPのルミが同一人物であると知られぬ限り、なんの心配もないはずであった。

するると今回の事件は、恵美の死体さえうまく世間の目から隠してしまえば、どう見ても発覚しないのである。つまり恵美は、単なる失踪ということになるのではあるまいか。

思いがけず好条件が備わっていたものだった。ではあとは死体の処分、隠蔽だ。どうする？　昂作は考える。

穴を掘って埋める、あるいはセメント詰めにして海中に投棄する――。そうできれば理想だろう、しかし、どちらも自分の手にはあまると思った。では焼くか？　そんな場所はないし、焼いたにしてもその後、骨や灰等をどこかへ処分する必要がある。

その時、昂作はふと思いついた。自分が毎日ゴムボートを作っているということをである。ゴムボートなら、社へ行けばいくらでもある。このボートを使い、沖へ出て、死体を海中に棄てるのはどうか――。

だが海となると、江ノ島、鎌倉、葉山、千葉、どこを思い描いてみても、人家のすぐそばだった。人里離れた場所となると、すぐには思いつけない。それに海となると、きっと波が高いだろう。一人で暗い海に漕《こ》ぎ出す自分を想像すると、昂作は歳がいもなく恐怖を感じた。

そして、ようやく名案を思いついた。多摩湖である。先日子供を連れてユネスコ村へ行ったおり、帰りに多摩湖のそばを通った。あそこなら付近に人家はなかったし、いくらでも水辺までおりていけた。湖畔は道路よりずっと低い場所にあったし、背の高い草や笹が一面に生えていて、そんな作業にはおあつらえ向きと思われた。

よし、多摩湖だ、昴作は決心した。さいわい車もある。明日の夜、恵美を多摩湖へ運び、ゴムボートで湖の中央まで漕ぎ出して、重しをつけて沈めよう。そうしてしまえば、もう絶対に浮かぶはずもない。発見される気遣いはないのだ。

翌日は休日ではなかったので、理想的には恵美の出勤時刻の前に彼女のマンションへ行き、彼女の死体を運び出して車に積んでしまうのが望ましかった。それなら、まだ騒ぎは起こっていないはずだからである。

しかし、そうは言っても、そうする決心は昴作にはつかなかった。そうなると、まだ夕方ということになる。マンションの周囲には通行人も多いだろう。死体を運び出すところを目撃されるおそれが大いにある。

深夜を待つことにした。そしてPの者が、恵美の無断欠勤にあまり騒がないでいてくれることを願った。電話くらいはかけるだろうが、そのくらいですませていて欲しい。

深夜にことを起こすとなると、準備の時間は充分にあった。さいわい昴作の会社がゴムボートを作る会社だったから、ゴムボートが大型から小型まで選《よ》りどりみどりであること、さらに自動車のシガーライターから電源をとれる電動ポンプまでも揃っていることなど、こういう目的のためにはまことにおあつらえ向きだった。

また荷作り用の細ロープや梱包《こんぽう》用の紙なども、製品の性格上か、すべて耐水性があった。これも幸運である。いくら重しをつけて沈めていても、ロープが水中で朽ちてしまっては死体が浮かんでしまう。死体を包む素材に関しても同じことがいえる。幸運なことに昴作は、こういう材料がいくらでも手に入る立場にいた。

ただ重しになるものは、社では用意できなかった。あまりうかつなものを持ち出してはあとで怪しまれる。これは現地か、恵美のマンションかで探すほかはない。

準備万端整え、深夜一時すぎに三田のマンションへ向かった。一時まで待ったのは、零時頃ではまだ案外、人通りやマンションへの人の出入りがあるためである。こういうことも、一年以上に及ぶつき合いで、彼は充分心得ている。

昴作は非常階段のすぐ下に車を停め、足音を忍ばせて四階まで階段をあがった。耐水性のロープや布は、バッグに入れて持ってきていた。

四階に達し、壁の陰から顔を出して、恵美の四〇七号室のドアを見た。格別変わった様子はなかった。廊下はひっそりとして、人の姿はない。昴作はそろそろと歩み出た。

合鍵は以前から持っていた。ドアを開け、部屋に入ると、例によって香の匂いがする。死臭の類いなど、少しも感じられない。ドアを閉め、ゆっくりロックした。

むろん天井の明りなどはつけない。和室に入り、ドアを閉めきってから、すわり机の上の小さな蛍光灯スタンドをつけた。これなら外部に明りは洩れないはずである。

昨夜と少しも変わりはなかった。そろそろと押入の襖を開いていった。さすがに恐怖が湧く。

ほっとする。そこにまだ恵美がいた。裸の体に触れると氷のように冷たく、すでに筋肉は堅くなっている。それを確かめ、畳の上に幾重にも防水布を広げておいてから、その上に抱えおろした。その時だった。けたたましい勢いで電話のベルが鳴ったのである。

昴作は悲鳴をあげるところだった。恐怖で尻餅《しりもち》をついた。

ベルはしつこかった。二十回も鳴り続け、ようやく切れた。

首筋を汗が流れた。大急ぎで梱包にかかった。二重にくるみ、その上から厳重にロープで縛った。それをさらにまた二重にくるみ、もう一度丁寧にロープがけをした。

小一時間もかかった。昴作は以前梱包の仕事もしていたので、こういう作業は素人《しろうと》ではなかった。これならちょっとやそっとでは解けまい、と思えるくらいにできあがった。

それから、彼女の旅行用のバッグを探しだし、洋服や下着、装身具に化粧道具など、旅行に持っていきそうなものを片端から詰め込んだ。自分の意志で失踪したように見せるためである。だがこの時念のため、彼女の身もとを語りそうなものは注意深く避けた。

次に彼は、彼女の貯金通帳を捜した。しかし、どこに隠しているものか、それだけはどうしても発見できなかった。

慎重に覗《のぞ》き穴から廊下を確かめ、恵美を左肩にかつぎ、旅行バッグを右手に持って、昴作は玄関を出た。足音を殺し、非常階段を夢中で下った。また膝が震え、恐怖で涙まで出た。

さいわい人通りはなかった。車のトランクを開けた。しかし、硬直している恵美の体は、驚いたことにトランクにおさまらないのである。力まかせに体を折り曲げようとしたが、無理だった。

大あわてで後部座席に押し込んだ。これでは窓を通して、表から丸見えである。もし検問に出会ったら――、とそう考えると恐怖で鳥肌がたつ。しかしやむを得ない、旅行バッグだけをトランクに入れ、昴作は出発した。

少しでも速くと思い、高井戸《たかいど》まで首都高速に乗った。それから青梅《おうめ》街道を走った。アクセルを踏む右足ががたがたと震えた。それでなくても小心者の昂作である。

突然、ヘッドライトに白いヘルメットと、蛍光塗料のラインの入ったチョッキが浮かびあがり、赤く細長い懐中電灯が振られて、左へ寄せて停まれと合図している。

検問だ！

もう駄目だ！　よりによってこんな時に！

すべて終りだ。体中がますますがたがたと震え、田中昂作は子供のように涙を流していた。これでもう俺は死刑だ、そう思った。

車を停め、ハンドルに突っ伏した。そして警官が窓を覗き込み、不審げな声をかけてくるのを待った。

ところが、いつまで経ってもそんなことは起きなかった。顔をあげると、相変わらず白いヘルメットは、数メートル先に立ったままだ。

あっ、と昂作は叫んでいた。警官の検問ではない、工事なのだ！　ヘルメットの男はガードマンなのだった。

底知れない安堵。大きく溜め息をついた。やがて彼は赤いランプを振り、もう行ってもよいと言っている。対向車があったから停められたのだ。

多摩湖に着いてみると、あたりに人影はなく、民家の明りも、車のヘッドライトも見えなかった。林の間を抜けてくる風に、熊笹の葉がさらさらと揺れていた。

　左の車輪を少し雑草の中に踏み入れ、エンジンを停めて昂作がおりると、なんと幸運だろう、足もとに大きなセメントの固まりが落ちているではないか。

　しかも錆びた鉄の棒が少しとびだし、先がコウモリ傘の柄《え》のように曲がっている。しゃがみ込み、抱えて持ちあげてみた。女房の体重ほどもありそうに思えた。おあつらえ向きで、まるで重しに使ってくれと言っているようだった。なんとついているんだろう、昂作は思った。

　会社から無断で持ちだしてきたゴムボートに、電動ポンプで空気を入れ、それから厳重に荷作りした恵美の死体を後部座席から引きずり出し、抱えて、水ぎわまで下った。

　ゴムボートを深夜の湖に浮かべ、荷作りした死体を乗せた。それから旅行バッグも乗せ、先のセメントも乗せて、この二つを厳重にセメントからとび出した鉄の棒にくくりつけた。

　三日月《みかづき》が細く出ていた。月明りで、この作業は容易だった。昂作は腕時計を見た。もうじき四時を指そうとしている。急がなければならない。五月の夜明けは早い。

　しかし大丈夫だ、とも思った。もうここまでくれば、やり遂げたも同様だ。これなら成功すると思った。死ぬほど心配した自分が、ちょっと滑稽《こっけい》に思えた。

乗り込もうとボートをたぐり寄せ、縁《ふち》に手をかけた刹那《せつな》、昂作は脳裏に激しい衝撃を感じて立ちつくした。

オールだ！　オールを忘れた⁉

思わず、その場にへなへなとしゃがみ込みそうになった。なんという大失態をしでかしたのだろう⁉　オールを忘れてくるとは！

立ちつくし、放心して口を開け、昂作は呆然とした。

なにか、なにか方法はないものか——⁉　それとも、明日もう一度出直すか？

だがそれは不可能なのだった。何故なら、死体が硬直してしまい、トランクに入りきらないのである。後部座席に死体を置いたまま、明日の夜まで一日中車を駐車場に置いておく、などということができるはずもない。

それに、ゴムボートをいったん社に返さないわけにはいかなかった。これから社に空気を抜いたボートを戻し、明日の夜また持ちだす、そんな面倒を考えただけでうんざりする。加えて、来る途中検問だと思ったあの恐怖。もうあんな思いは二度とご免だった。今夜でもうすべてを、すっかり終りにしてしまいたい。

昂作は決心するとボートに乗り、懸命に手で水をかいた。

なんということだ！　本当になんということだ！　手で水をかきながら、昂作は何度もわが身のうかつさを呪《のろ》った。かいてもかいても、手ではボートは思ったように前に進まない。昂作はまたベソをかきそうになった。いくら人里を離れているとはいえ、あまり水音をたてるのもはばかられる。

ずいぶん漕いだと思うのに、岸はまだすぐそこだった。まずい、このままでは夜が明ける！　このあたり、おそらく早朝の散歩をする者も多いだろう。そんな人間にこんなところを目撃されたら一巻の終りだ。

湖の中央までなど、とても出てはいられなかった。要は死体が浮きあがらなければいいのだ。別段湖の中央でなければいけない理由はない。ここでも充分深いのだ。昂作はそう判断した。

昂作は死体の包みと旅行バッグが、しっかりと重りのセメントにくくりついているのを確かめると、持ちあげてそっと水の中におろした。

ごぼごぼと水音をたて、萩尾恵美、いや福住憲子は、旅行バッグを携《たずさ》えて暗い水の底へと失踪した。果てしなく深い、永遠の旅のはずであった。

9

それからも田中昂作は、ちょくちょくおた福へ飲みにいった。常連の顔ぶれは多少変わりつつあったが、彼らを見ても昂作は、もうざまをみろとは思わなかった。昂作は今やすべてを失っていた。恵美の攻略に失敗した彼らの方が、どれほどラッキーであったか知れない。

福子とは時に、被害にあった五十万円のことを話すことがあった。やはり悔しいと福子は言ったが、もう忘れつつあるようだった。ずいぶん大金だと思ったが、今にして思えばたったの五十万円なのである。

やがて、一千万円弱の住宅貯金がほとんど空になっていることが、妻に発覚する日がきた。遅すぎたくらいであった。

当然ながら昂作の妻は泣きわめき、狭い１ＤＫにヒステリックな叫び声と、茶碗や包丁が飛びかった。家財道具はあらかた壊され、昂作のささやかな住み家はみるみる廃墟となった。そんな日が四日も続いたが、五日目には静かになった。女房が子供を連れて出ていったのである。昂作は、ついになにもかも失った。

しかし、萩尾恵美はどうやら無事失踪として処理されたようだった。田中昂作は死刑にはならず、細々とやもめ暮らしをつづけていた。

やがて六月となり、七月になった。から梅雨で、少しも雨が降らないと思っていたが、七月なかばになると、案の定節水騒ぎになった。宣伝カーがうるさいほど水不足を呼びかけ、街中を走り廻った。満足に水も使えず、昂作の気分は、東京の街同様、日に日に渇いていった。死にたい、と時々考えるようになった。

八月の十日、異常な陽でり続きで大幅に水位の下がった多摩湖から、身もと不明の女性全裸死体が見つかったとテレビのニュースが伝えた。

近くから旅行バッグも出たと言い、今のところは身もと不明だが、右臀部《でんぶ》に拳大《こぶしだい》のアザが認められるとアナウンサーは伝えた。昂作の梱包があまりに完全であったため、死体は三カ月を経て顔などはすっかりくずれているというのに、臀部の皮膚に、アザの痕跡がわずかに残っていたのである。

昂作は、がらんとした1DKの台所の椅子に一人すわり、うつろな気分でテレビのこのニュースを見た。

もはや恐怖は湧かなかった。もうどうにでもなれといった心境だった。しかし、この身もと不明の死体が、銀座のPでホステスをしていたルミこと福住憲子であることは解るはずもない。この点が解らなければ、この死体と自分とが結びつけて考えられることはないと思った。そうなら自分に捜査の手が及ぶことはないのだ。

あれが福住憲子であることを示すのは、右尻のアザだけなのである。ところが彼女のそんなところにアザがあるのを知っているのは、自分や、ごく数少ない恵美と体の関係を結んだ男だけなのだ。

そしてそんな男が、女房や世間体もあるというのに、警察にみずから名乗り出るはずもない。すなわち、たとえ死体が出たところで三カ月も経過して人相が判明しなくなっている以上、昂作の身は安全なのである。

10

テレビのニュースを見て、私は愕然《がくぜん》とした。右臀部にアザのある女？　三田のスパゲッティ屋の、あのトイレ騒ぎの女ではないのか。

翌日私は例の店へ行き、スパゲッティ屋のマスターに私の考えを話した。彼も、そういえばあの直後から彼女は一度も姿を現わさないと言った。

いや姿を現わさないのはあんな騒動の張本人だから当然としても、あれ以後抗議の電話一本寄越さないのは妙だと思っていたと言う。そして、客の話では銀座の女だというし、あんなに気の強い女だから、どこかで殺されていても不思議はないなあと感想を言った。

私は二日ばかり迷った末、右臀部に大きな青アザのある若い女などそうざらにいるものではないと考え、一応警察に電話をしてみた。そしてトイレ騒動の一件や、銀座のＰの女だと騒動の当事者の仲間が話していたことなどを詳しく話してやると、警察は大変興味を示し、調査してみますと言った。

そして私の情報は、どうやら正しかったらしい。その翌々日の新聞に、「多摩湖の全裸死体、身もと判明」と出た。それによればやはり銀座のPのホステスで、岡山県出身の福住憲子、二十四歳ということだった。

11

テレビが伝えるこのニュースを、昂作はなんとおた福で見た。福子は悲鳴をあげ、田中昂作は愕然とした。どうしたことか、恵美の身もとが判明したのである。Pのホステスで福住憲子二十四歳、岡山県倉敷市の出身。おまけに顔写真までがでかでかとテレビに映った。

どうして解ったのだろう——？　昂作は呆然とした。どう考えても解らない。恵美と深い仲だった男が、勇敢にも警察に電話をしたとしか思えないが、どこにそんなもの好きがいたのだろうと思った。

いずれにしても、これでもう昂作は終りだった。自失して大騒ぎのていの福子に背を向け、昂作はゆっくりスツールを滑りおりた。そして誰も待つ者のない、荒廃した自宅にとぼとぼと向かった。やがて福子は警察に電話をし、客の田中昂作も五万円の詐欺に遭ったことを話すだろう。警察はたちまちこの中年男をマークし、上板橋から神戸まで、彼がPのルミを求めて嗅ぎ廻った事実を調べあげるだろう。捜査の手が、荻窪の彼の陽の当たらぬアパートに届くのは時間の問題であった。

荒れ果て、嫌な匂いのする1DKにすわり込み、田中昂作は、三カ月前のあの晩、オールさえ忘れなければ、と悔やんだ。オールさえあれば死体を多摩湖の中央に棄てることができたのだ。そうすれば、少々の陽でりくらいで死体があがることはなかった。

それとも、この異常な陽でり続きさえなければよかったのだ。これさえなければ——。

いや、そうではあるまい。あの恵美などという女に、身のほどもわきまえずのぼせあがったのが、そもそもの間違いだったのだ。昂作は、なによりもそのことを悔やんだ。

昂作は、どうやって死ぬのがよいかとあれこれ考えた。臆病な彼は、痛いのはどうしても嫌なのである。高いところから跳びおりる度胸は自分にはないと思ったし、首を吊るのも怖い。眠るように安楽に死ねる方法は——、となるとやはり睡眠薬しか思いつかなかった。

ところが訊いてみると、致死量の睡眠薬など、薬局では到底売ってくれないらしい。食い下がって根掘り葉掘り訊き出し、ようやく、市販の薬では「咳《せき》止め」に一番睡眠薬が多く入っていることを知った。

あちこちの薬局でできるだけ大量に咳止め薬を買い込んだが、とてもこんなもので死ねるはずもない。薬を前にしてあれこれ思案し、ようやく名案を思いついた。

深夜を待ち、昴作は押入からガスストーヴを探しだして、ガス栓にゴムホースを軽く差した。ストーヴ側の栓は閉めたままで、もと栓の方を全開にした。そうしておき、ゴムホースのもと栓のあたりを荷作り用の細ロープで縛って、ロープの先を細く開けた窓から出して延々と延ばし、高架線の下をくぐっている細い道を横切らせて、向こう側のコンクリート柱に結びつけた。

こうしておけば、こんな路地とはいっても朝までには車の一台くらいは通るであろう。細ロープに気づかず、そのままここを突っ切ってくれれば、当然ロープを引っぱるからゴムホースがガス栓からはずれる、するとガスが出る。昴作は睡眠薬入りの咳止め薬をたっぷり呑み、ぐっすり眠ってそれを待てばよいのだ。

別段そんな凝《こ》ったことをしないでも、眠くなってきたらガス栓をひねればよさそうなものだが、やってみると小心な彼は、緊張からどうしても目が覚めてしまい、うまくいかないのだった。

しかしこの名案も、車が気味悪がってよけるのか、翌朝なにごともなく目が覚めるといった日が続いた。朝になると、さすがに面倒を避けるため、昂作はとんでいってロープをはずした。

12

その夜、私はオーバーにいえばサラリーマン生命を賭けるような大事な仕事を翌日に控え、しかも残業で帰宅が深夜となって、体がひどく疲れていた。早く帰って眠りたく、例の信号占いに死にもの狂いであった。

ところがこういう時に限って結果はかんばしくなく、ご神託はせいぜい「小吉」といったところであった。こうなると自宅前の最後のストレートをなんとか首尾よく通過して、最低「中吉」には持ち込みたい。私は焦り、タイヤをきしませて例の路地に走り込んだ。

しかし高架線が見えた時、私は絶望の悲鳴をあげた。ここを走ったのはおととい以来だが、なんのつもりかまた細ロープが道を横切って渡されていたのだ！

瞬間、私はこの細ロープが、爆薬の引き金ででもあるかのような妄想にとらわれた。

このまま突っきれば、まるで地雷原に踏み込むように、この付近一帯が粉微塵《こなみじん》に吹き飛ぶ気がして、恐怖にかられた。

いつもならブレーキを踏み、私は表通りまで引き返したろう。しかしこの時の私は、疲労してなかばやけを起こしていた。どうしたものか、いっそそれならそれでよいという気になった。私は思わず頭を低くし、そのまま細ロープを突っ切った。

しかし、なにごとも起きなかった。私は自分の空想力を嗤《わら》った。やはりあれは、子供のイタズラだったのだ。

糸ノコとジグザグ

1

「古いミステリーを読むとね」

と背中を見せたその男は、目の前の仲間に向かって演説をしていた。横浜の、「糸ノコとジグザグ」という変わった名前のカフェ・バーだった。市松《いちまつ》模様の床を踏んで、その外国人のように背の高い男は立っていた。

「呼び子を吹いて仲間を呼ぶ警官が出てくる。むろん事件を見つけた時であります。君、ミステリーのファンだと言ってたろう？『オッターモール氏の手』という短編を読んだかい？　読んでない？　そいつは残念。一九三一年の作だ。この短編に呼び子を吹く警官が出てくる。

それほど昔ではない、ほんの戦前の話です。ロンドンの警官は、仲間を呼ぶのにまだ呼び子笛を使ってた。その昔は、日本の岡っ引《ぴ》きもそうでありました。

ところが、現在ではわが国でもイギリスでも、お巡りさんは笛なんか吹かない。何故でしょう？　電話ができた？　サイレンもできた？　そんなものはね、戦前のロンドンにもあった。

諸君、そんなことじゃない。最大の理由は、街が騒々しくなったことなんであります。毎日毎日、みんなが喉《のど》を限りに大声で怒鳴り合っているような街で、悠長に笛なんか吹いたところで誰にも聞こえやしない。

何故騒々しくなったのだろう？　まずは車だ。東京の環七沿《かんなな》いの住民などは、一日中八十フォンのトラックの騒音に悩まされて、雨戸を開けることもできない。彼らに言わせれば、家にいるより、通勤の地下鉄の中の方がよほど静かなんだそうです。さながら工事現場か、パチンコ屋の床で寝起きしているようなものだ。

日本人は便乗して騒ぐのが得意な国民だから、街がやかましければキャバレーの呼び込みも安心して大声をあげる。選挙演説のマイクのボリュウムも、ますますあがる。わが国独特の例のカラオケ文化などというものも、こういう街でこそすくすく育つ。酒場から帰る道すがら、仲間と二人、せいぜい大声で練習ができるというものだ。

こうして街がどんどんうるさくなれば、通行人の耳に宣伝カーの声も届きにくくなるから、マイクのボリュウムも負けじとあがる、イタチごっこであります。メガフォンで怒鳴り合ってた時代の、何と平和だったことでしょうな。

街だけじゃない。部屋の中にもラジオにステレオ、テレビにギターアンプ、ひと昔前なら考えられなかった音量を持つ機械が今や各部屋にある。窓の外がそんな調子なら、性能をフルに発揮させたくもなるだろう。

現代は神棚にラジオがあった時代とは違う。もっとずっと広い部屋、そして防音の完全な壁が必要な時代だ。ところが現実は正反対。壁はどんどん薄くなり、部屋割りはどんどん小さくなっている。これが東京です。

われわれはかくのごとく、気づかないうちに実は音の大洪水に呑《の》み込まれつつある。ぼくらが気づかないでいるだけなんだ。百年前の人間が今東京にやってきて道を歩けば、何と言うだろう。こりゃ狂人の街だと言わないだろうか？　この街の異常は、もはや江戸人でなければ解らない。

この大洪水から身を守るため、人は窓を二重にして石の箱にたてこもる。クーラーも、内線電話もあるなら、巨大な箱の中もひとつの独立社会だ。外は海。そしてこの箱はさながら石の、ノアの箱舟だろう。都市というこの海には、こういった箱舟が何《なん》艘《そう》も浮かんでいる。どこにたどり着くか、不安でいっぱいの乗客を大勢乗せている。

このまた内に、細かく壁で仕切られたそれぞれ別の独立世界がある。都市はこんなふうに細胞分裂を繰り返し、細分化してますます得体のしれぬ集積回路の一部に変貌《へんぼう》していく。ここに誰かの意志が働いているんだが、誰一人そのことに気づかない。ちょうど樹々が生長し、互いに枝を絡ませ合って、危険なジャングルを形成していくようにであります。

今われわれが、このＩＣチップのジャングルで生きていくことを要求されているなら、牙や爪を隠し持つことも求められていると知らなくてはならない。これこそが、ぼくが君たちに贈る、一片のクリスタルであります。だって騒音の中では、助けを呼ぶ声も、悲鳴も、誰にも聞こえはしないからね」

「何だね？　あれは」

私はカウンター越しのバーテン氏に尋ねた。

一杯入っているらしいその男が、三人の友人に向かって演説をしていたのは、私の掛けたカウンター席のすぐ近くだった。だから私には、その男の話の深遠（？）な内容がすべて聞きとれた。

「ああ、あの先生ですか」

バーテン氏は言う。

「どういうんでしょうねえ、いうなれば演説病ですか。一杯入っていい調子になってくると、やおら立ちあがってああして始まるんです」

「現代の奇病だなあ、そりゃ」

バーテン氏は笑う。

「病める都市の象徴ですか？」

「それそれ、それだよ。ここから見れば確かに東京は、危機に充ちた病根の海だろう。かく言う私も、たった今その岸べから上がってきた老船だ。明日にはまたその海へ帰っていかなくてはならない」

「お客さんも詩人ですね」

バーテン氏が言い、私はちょっと自嘲《じちょう》めいた気分にとらわれた。

「もと、詩人かな」

私はつい本当のことを言った。

「ではぼくと同じだ」

確かに彼もそう言ったように聞こえた。

もし私の聞き間違いでないなら、歌を忘れたカナリア、詩を詠《よ》むことをやめた詩人、そういった類《たぐ》いの人間が吹き寄せられる、ここは風待ち港のようなものというわけか。

「JBL4343だね、スピーカーは」

私は話題を変えた。

「以前あのスピーカーのファンだった。ジャズを聴かせる店だと聞いてきたんだけど、音を絞ってるんだね」

「マスターに言われてるんです。あの演説病の先生の病気が出たら、ボリュウムを絞るようにってね」

「そりゃまたしゃれがきついね、また何で？」

バーテン氏はすると笑ってとり合わないというふうだった。何か訳があるように思われ、私は興味を抱いた。

「ねえ、何でなんだい？　君」

私は不遠慮に食い下がった。もと詩人が聞いてあきれる。こういう厚顔なところが、私がマスコミ人種になって身につけた最大のものであろう。

バーテン氏は笑いながらも、なおも無言で皿を拭《ふ》いていた。演説病の先生のお話は佳境に入っているらしかったが、私はもう全然聞いていなかった。

「ぼくらにとっても店にとっても、あの先生はまあ、恩ある人なんでね」

バーテン氏はこの話を早々に切りあげたいらしく、さっさと言ったが、私の方はそれを聞くとますます興味が湧《わ》いた。

「恩ある人？　何か訳ありみたいね、話してよ。聞きたいな」

「いや、こりゃちょっとまずっちゃったな」

バーテン氏の口もとから愛想笑いが消えかかっている。よほど話したくない事柄なのか——。

「横浜に林ちゃんのよく行くいい店があるって聞いたから来たんだけど、なるほどユニークだね。ああいう常連がいるからなんだな。店の名も変わってるね、『糸ノコとジグザグ』か」

コースターを見ながら私が言うと、

「林さんて、FXSの林さんですか?」

彼が問う。私は頷《うなず》いた。

「お知り合いなんですか?」

「うん、ああ、申し遅れたけど……」

私は名刺を探り、バーテン氏に差し出した。FXS番組編成局長、と肩書きが麗々《れいれい》しく印刷してある、自分では見たくもない代物《しろもの》だった。彼がそれをじっと見入っている間、私はまた演説を聞いていた。

「亀淵《かめぶち》さんとおっしゃるんですね?」

言われてわれに返った。

「FXSの方なんですか、そうとは知りませんで、失礼しました。ひとつ今後ともよろしくお願いします」

彼はそう言って頭を下げ、いやこちらこそ、と私は言った。FXSと聞いてバーテン氏の態度が変わったようにみえた。FXSは上得意だと心得ているのだなと私は思ったが、実はそうではなかったのだ。

「あの演説病の先生、案外まともなことを言うね。意外に鋭い」

私は言った。するとバーテン氏は短く一言、

「彼は天才ですよ」

と言った。

「蠅取《はえと》り紙について長々と演説し、みながあきれていても、聞く耳さえあれば、そこに必ず重大な意味があるのです」

その時、拍手が聞こえた。

「お、終った。拍手をしないとね。講演も終了だ、もうボリュウムをあげていいんじゃないのかい？　アンプは……、マッキントッシュか。ところで、変わった店の名の由来だけでも教えてよ」

「それを話すと、さっきの話になっちゃう。全部つながってますんでね。FXSの方となると、やっぱりぼくの恩人ですからね、話せと言われれば話しますけど、ぼくは口ベタだからなあ……。林さんにお聞きになりませんでした？　林さんは当事者だから詳しいんですよ」

「いや、聞いてないいな」

「変ですね、FXSの方なら、たいていみなさんご存知の話ですよ。じゃ林さんが去年出された『シンデレラの帰る時間』ってエッセイ集、あれをお読みになってないんですか？　あの本の、一番最初の話ですよ」

「ああそうかあ」

私は頭の後ろのあたりを左手で撫《な》でた。

「そりゃあ失礼しちゃった。ぼくはあの本、林ちゃんに貰《もら》ったんだけどね、ついつい忙しくて家の本棚に入れたまんまなんだ。まだ一ページも読んでない」

「そうですか」

「店の名前の由来もあれに書いてある？」

「ありますよ。でも名の由来ならこれですよ」

バーテン氏は壁の小さな額を示した。ゴシック体の活字で、びっしりと文字が書かれた正方形の紙が、中央に収まっている。

「ああそれ、さっきから気になってたんだ、詩なの？　文章？」

「現代詩ですかね」

バーテン氏はちょっと照れたように言った。私が手にとって見ていいかと言おうとした時、彼がカウンターの向こうで身を折った。

「ああ、やっぱりあった！」

彼は言った。そうしてカウンターの上に、白いハードカヴァーの本を取り出して置いた。私は手に取り、扉を開いた。目次が見えた。

「ちょっと失礼」

そう言ってバーテン氏は本を私の手から取り戻し、目次のひとつを指で示した。

「最初のこれです。『人は残り少なくなった時だけ指を折る』、この文章です。そう長いものじゃないから、今この章だけお読みになったらいかがです？　中にこの詩も出てきますし、お知りになりたいことは全部解りますよ。

こっちの席に移動なさったら。ここの方が明るいですから」

2

〈人は残り少なくなった時だけ指を折る〉

早いもので、私がＤＪ稼業などという、口先八丁で世渡りをする独り言労働者から足を洗って、もう二年になる。私があの怪しげな仕事に身を置いていた期間は四年だったので、思えば私がはじめて深夜族の前にラジオの電波を通じてお目見えしたのは、今を去る六年も前ということになってしまう。

世間のどの職業においてもそうだろうが、あの四年の間に、私にも実にさまざまなことがあった。普通ではなかなか経験できないような、非常に貴重な勉強をさせてもらったと思っている。こうしてあの頃の思い出話を原稿にしようとすると、真っ先に脳裏に浮かんでくる事件がある。やはり私は、まずあの事件の思い出から、書かなくてはなるまい。

ＤＪの仕事は、いってみれば躁鬱症の発作のようなもので、マイクに向かい、ひたすら一人でしゃべるだけだから、部屋で一心不乱に練習などしていると、本当にバカみたいなものである。みな帰宅してガランとした深夜の放送局で、一人本番のマイクに向かって呼びかけても、答えはすぐには返ってこない。一日二日おいて、パラパラとハガキの文字になって返事が聞こえるだけの、空《むな》しい一方通行である。番組がスタートして一年近くも経つと、私はマイクの向こうに何十万という聴取者がいることを、無意識に疑う気分になっていたと思う。

人は残り少なくならなければ、指を折って数えるということをしない。この頃私は、妙にこんな言葉が口をついて出る。それというのも、私が近頃たぶんあの事件を懐かしんでいるせいではないかと思うのである。あの時ほど何度も、それこそ指がだるくなるほど真剣に指を折ったことはない。そして以後私が指を折ったのは、ＤＪを辞める日があと半月後に迫った時だけだ。

あれは、番組を始めて最初の年が暮れようとする十二月のことだった。

私の担当する水曜日の夜、正確には木曜日の早朝の番組は、ちょうどクリスマス・イヴに当たることになっていた。そこで私は、自分のような新米ＤＪを一年近くも辛抱して聴いてくれた聴取者に対し、何かお礼のプレゼントをしたいと考えた。さんざん知恵を絞ったが、どうも私はアイデアをひねり出すというのは得意でないらしく、景品つきのクイズとか、豪華なゲストとか、なにやら町内のお祭りみたいな月並な案しか出てこない。そこで、これもなにかいいアイデアがあったらハガキを寄せてくれと番組内で喋《しゃべ》ると、私の番組始まって以来というほどの量のハガキが届いた。

なるほど、こういうかたちでの番組への参加をみんな希望してるんだなと私は気づき、以来三年間、番組の企画段階からの聴取者の参加は私のスタイルとなったわけだが、その時のハガキのうちに、三分間のフリー・トーキングというアイデアがあった。局で用意した電話番号に聴取者が電話をかけ、三分間という制限時間を自由に使って、私や、仲間の若者にメッセージを送るなり、音楽入りでバンドのＰＲをするなりやらせてくれというものであった。私は、即座にこれだと思った。

私はこれを「自由なおしゃべり三分間」と題し、クリスマス・イヴの日に募集することを、その前の週の放送でしゃべった。当日の生番組に電話をしてもらうことも考えたが、それでは良いものもつまらないものもオン・エアされてしまう。本当に良いものも、順序が廻ってこないで日の目を見ないかもしれない。やはりあらかじめ録音し、こちらで前もって選ぶ必要があると私は判断した。そこで二十四日の午後三時から夜の八時まで、五時間の時間ワクを設けて募集することにしたのである。番組のスタートが午前零時なので、セレクトと編集に充てる時間が四時間しかないという点が気にはなったが、電話を受けた時点で、使えそうかどうかの判断は即座にできるだろうと考えたことと、前日に募集すればもっと楽だが、それでは二十三日の夕方ということになり、まだ巷《ちまた》のクリスマス・ムードも盛りあがっていないだろうと考えた。面白いものが集まれば、私は番組ワクの三時間をすべてこの集まったおしゃべりのテープに開放するつもりでいた。

これはただただ番組のファンへの感謝の気持ちでたてた企画であり、それほど他の注目を引くようなユニークなアイデアとも思わなかった。しかし、番組は私のまったく予想もしなかった方向に展開した。そして未だに局で語り草になっているような、一種劇的なドキュメントの様相を、期せずして呈した。それは聴取者からの三分間電話のなかに、非常に奇妙なものが一本、混じっていたからである。

私はたいてい、ディレクターとの打ち合わせや、レコードやハガキのセレクトのため、放送開始より一時間前にスタジオに入ることにしている。その直前に食事もすませておく。それより早く食事をすると放送中にお腹が減るし、もっと後にすると、ゲップが出る危険性があるからだ。

だが問題のクリスマス・イヴの日は、私は二時間近く前にスタジオ入りした。いつもならサブルームに三、四人のレギュラー・スタッフたちがいるだけなのだが、その日はテープ編集の仕事が多かったため、二十人近くの人たちがサブルームで忙しく立ち働いていて、テープをセレクトしては編集機のある部屋とを往復していた。

私がサブルームに入ると、その大勢の中にいつもの番組スタッフのメンバーがひとかたまりになっていて、私を見つけると「林さん、ちょっと！」と緊張した声で呼んだ。ディレクターの福島君の表情にただならないものを感じたので、私は急ぎ足で彼らのところに歩み寄った。他の二人も、表情は真剣そのものだった。

「ちょっとこれ、聞いてください」

彼はコンソールの上の七号リールを回そうとした、が、ちょっとためらい、ボタンにかかった指をはずした。

「編集室へ行きましょうよ、ここはちょっとうるさすぎる」

私たち四人は廊下へ出て、使われず明りの消えている編集室を選んで入った。そこは、テープ編集用のコンソールが一台ずつ入った小部屋が、女子用トイレみたいにいくつも並んでいる。福島君はその一番奥の部屋へ私たちを連れていった。明りをつけ、中へ入ると、二枚のガラスドアを隔てたことになるので、サブルームの雑踏はいっさい届かず、私はここが深夜のビルの一室であることを思い出した。

彼は馴れた手つきで空リールにテープを引っかけ、ちょっとこれを聞いてくださ い、とさっきと同じことを言って、プレイボタンを押した。それからボリュウムをいっぱいにひねる。私は耳をそばだてた。

まず、局の応対の女の子の声が聞こえた。

「はい、FXSです。お名前と、もしこちらから放送中の時間帯にお電話さしあげてもよろしいようなら、ご自分の電話番号をおっしゃってください」

すると、陰気な男の声が低く答える。裏でかすかにジングルベルの響きと、街の雑踏が聞こえているようだ。公衆電話らしい、そう私は思った。おそらくボックスだろう。

「匿名《とくめい》を希望します。電話はありません」

「解りました。それではブザーが鳴りましたら三分間お話しください」

すぐにブザーが聞こえた。

少し沈黙があった。私は電話の男の気分をはかりかね、緊張した。が、男はじきに、どうやら読んでいるらしい調子で、次のような意味不明の、私などにはまるで暗号のようにも聞こえる言葉の連なりを、長々と、何の抑揚も、句読点もないような調子で朗読した。

「暗箱の針のひと突き光はジグザグに跳び込み青空スモッグ型ウロコ雲を描くその完

全無欠の輝きに圧倒されたボクの内臓は大好きなチェロの響きを残し暗闇の坂道をころげて行く
　糸ノコ無しでは東京は切れない
　成長を続ける二十三の瞳はジグソーパズルの恍惚《こうこつ》だけを残してボクは声の無いデンワをかけるコブの無いひとコブラクダの背にまたがる退屈なロレンスが十本のボウリングピンの向こうに沈む夕陽に照らされる時ありきたりの天然記念物に結晶するボクの神経性骨軟化症育ち過ぎた十本の雨後の竹ノコが陽の当たらぬ花壇を造れば陰性植物の根の様な都市のデンワセンがボクの養分を吸い上げてホラこんなにボクはヤセ細ったのに待ち続けるボクのデンワは一向に鳴らない
　デンワヲデンワヲデンワヲデンワヲデンワヲデンワ
　死に急いだ憶《おぼ》えはないのにボクはゆっくり死んで行く誰か早くデンワをかけてくれ今すぐボクの朝などブラッドベリの壜《びん》に浮かぶカビだらけのギョーザの皮みたいでもう今や一匙《ひとさじ》で誰一人殺せない者は無い毒だ
　糸ノコ無しでは東京は切れない
　ジグザグウロウロゴチャゴチャザワザワイライラガヤガヤゴトゴトグニャグニャベトベトニチャニチャクラクラハラハラひとつのカップに放り込み心も軽くシェイクすれば手軽にできる東京スクリュウドライバー型分裂症乾杯だ諸君！

首吊り型の吊《つ》り紐《ひも》が殺人電車から毎朝ボクを救ってくれるなんて素敵だろう身動きならず首切り場へと急ぐ牛の頭の群れの間から見え隠れする十本のボウリングピンをあっさりとなぎ倒すストライクを夢見て本を読み便器に跨《また》がり煙を吸って何かやり残したことがある朝のカードに今日一日のラク印を押し酒を飲み煙を吐き女の足を見て何をやり残してるのだろう？　立ち停まることなく行列をすませれば蹴飛ばされる背中で閉まる自動ドアふと見上げれば都庁にキラめく六方手裏剣唸《うな》りを上げて回転カッター今日は何人死んだやらボクはと言えばアルミの羽震わせる蟬《せみ》のようにあやういところで十時の方角へ逃げ帰る日々のうちについに気づいたそうだ！　この映画はお終《しま》いまで観てはいけないのか！

ＥＮＤマークは六方手裏剣とともにやって来る最期の始末までお世話になるには及ばないミルクに垂らしたひと雫《しずく》王冠は皇居にふさわしく広がる輪はついに八つになり六つめの輪はボクのアパートに押し寄せる南へ沿って波乗りすれば唯一愛する北海道糸ノコ無しで切れるただひとつの東京はボクの塒《ねぐら》を貫いて走るけれどもはやそれも滑走路にさえなり得ないまだらの紐で囲まれた都会のオアシマその波浮《はぶ》の港も三原山もボクは愛したことがないなだらかな東京蟻《あり》地獄のスロープをジグザグ滑りおりかくも賑《にぎ》やかに

貧《ひん》　貧貧貧……

と断《いなな》いて今夜は午前二時屈斜路湖《くつしゃろこ》にて退場しなければボクは人間ではあり得ない」

読み進むにつれて次第にスピードがついてきて、お終いの方は聞きとりにくい箇所も出てきた。私がこの時感じたものは、クリスマスらしからぬ、何とも異様なほどの陰気さだった。ただそれだけだった。

私には、一回聞いただけでは何のことやらさっぱり解らず、正直にいって、福島ディレクターの表情に表われているほどの切羽詰まった何ものも感じとることができなかった。

「どう思います？」

彼はテープを停《と》め、私に訊《き》いた。

「もう一回」

と私は言った。とにもかくにも一回では何とも反応のしようがなかった。

三分など聞き直すのはすぐだ。テープを停め、福島ディレクターは私の顔を見たが、もう一度どう思いますと訊いては私を試しているニュアンスになると思ったのだろう、まだ五里霧中の顔をしている私に、今度はいきなり自分の考えを言った。

「これが今のをメモったやつです。文字に書くとずいぶん量がありますね。林さん、これは聞きようによっては、今夜の午前二時に自殺するという宣言にとれませんか？」

私はあっと言った。そしてまた、「もう一回！」と叫んでいた。

メモを目で追いながら三度目を聞き終った私は、これはもう、そうに間違いないと思った。私は即座に、そばにいたお皿係の青江君に、福島ディレクターのメモした紙を突きつけて叫んだ。

「青江君、これを三十枚ばかりコピーしてくれないか！」

時計を見るとすでに十時半で、放送開始まであと一時間半。この電話の主《ぬし》の自殺予告まであと三時間半だった。

私の頭は、その時生まれてはじめてといってもよいくらいに、忙しく回転していた。十時半なら、まだ局内に残っているスタッフも数多い。これからマージャンをやるか、一杯引っかけようかと社内で迷っているような連中なら、これからのわれわれの冒険に引っ張り込めるだろう。スタッフは多いほどいい。だがそれなら一分を争うのだ。こうしている今も、みな続々と社屋ビルをあとにしている。私はアシスタントの武田君に、

「今すぐ社内放送してさ、まだ局内に残っている社員で手のすいている者を、すぐ隣りの402スタに集めてくれないか、緊急事態だって言って。402スタは空いてるはずだからね。集まったらぼくから説明する。急いで！」

武田君が駈《か》けだしていく。

もうひとつ気になっていることが、私にはあった。男の朗読のバックにジングルベ

ルのメロディが流れているのだが、音楽に混じって、スピーカーから流れているらしい男性のアナウンスの声が、短くかすかにだが聞こえるのだ。そこをもう一度聞きたいと思い、自分でテープを操作した。

「このテープのさ、確かここらあたり……」

　私は福島君に言った。

「ほら、ここ。よく聞いて」

　私は福島ディレクターの顔を見つめた。

「ね？　かすかにだが、確かにアナウンスの声が聞こえる。もう一度」

と私は、何度もその部分を繰り返し再生した。

「駅のアナウンスみたいですねえ」

　福島ディレクターが言う。

「そうなんだ！　あんまりかすかだから、これだけじゃなんとも言えないけど、わずかに電車の音らしいものも入っている。だからこれはホームのアナウンスが、駅名を連呼してるんじゃないかと思うんだ。

　バックの雑踏の感じからいって、電話している場所がおそらく駅前であることは間違いないんじゃないか。となると、これが聞きとれれば確実に場所が解る。しかし、だ。ここじゃとても、このボリュウムをいくら上げてみても、耳じゃ聞きとれそうもない。となると……」

「声紋ですか」

「そうなんだ。ところがこの声紋の分析装置は、ＦＸＳにはないんだ。たぶんＮＨＫの研究所へ行かなきゃだめだろう。となると急がなきゃな、この時間なら研究員がつかまるかもしれない。すぐ電話しよう。ぼくがかけてみる。あそこの研究所に知り合いがいるんだ。君は４０１スタへ帰って、高田君あたりにこのテープをコピーしてもらっておいてよ。もしＮＨＫがつかまったら、声紋を取りにこのテープを持って誰かに行ってもらおう。放送の方はコピーでいいだろう」

ＮＨＫに、私の大学時代の同期で、井本という男が就職しているのである。しかも彼は研究所にいた。今でも時々会って酒を飲むし、私自身、彼の仕事場を一度訪ねたこともある。このところ残業が多いとこぼしていた。

私は廊下を走って、ガランとしたオフィスの、自分のデスクに戻った。電話をとりあげ、ＮＨＫの研究所をダイヤルした。井本が残っていてくれることを祈った。

そして、私は幸運を神に感謝した。井本は残っていたのである。事情を話し、今すぐ誰かにテープを持たせてそっちへやるから、声紋の分析を頼むと約束を取りつけた。

４０１スタへ戻りながら私は考える。この電話の主は、何故私の番組へなど死ぬ間ぎわに電話してきたのか。本当に死にたいのなら、誰も騒がせず、一人静かに死ねばいいはずだ。しかも自殺予告の二時という時刻は、まだ本番中である。

私のところへ電話などしてきて、もしオン・エアされたら、当然邪魔が入るかもしれないではないか。ということは、彼としては邪魔が入って欲しいのだ。本当に死にたくはないのに違いない。それとも一人で死ぬのは淋しいのだ。だから死ぬ時刻を、オン・エア中にした。

私の番組を聴いている人は、陽気な若い連中が大半とみえるが、それは送られてくるハガキからの判断である。積極性あふれる若者たちはほんの氷山の一部分で、大半はこの電話の主のような、陰々滅々とした性格の人たちではないのか。誰とも口をきくことのない孤独な仕事に明け暮れ、眠れぬ夜、一人膝を抱えて私の放送を聴いてくれているのかもしれない。

陰気な彼らからの便りは、放送で読んでもあまり面白くないからたいていボツになる。それで彼らはますます孤独になる。私はこの電話がボツにされず、私の耳まで届いてくれて本当によかったと思った。また私がこの電話を直接受けていたら、意味不明で案外ボツにしたかもしれない。若い福島ディレクターが文学部出身でよかったとも思う。

この孤独な人物は、おそらく最後の賭けをしたのではないか。自分とはまるで違っているように見える人間たちに対し、遺書のかたちで最後の謎かけをしたのではないか——、私は想像する。

われわれのスタッフや、深夜放送を聴いている人たちが自分の詩の意味を正しく理解し、自分の自殺を邪魔してくれたなら、自分が見捨てようとした世間も、そしてその住人たちも、まんざら捨てたものじゃない、そんなふうに試そうとしているのではあるまいか。

とすればこの詩のうちに、われわれが彼に到達できるすべてのヒントが隠されているという理屈にならないか。この詩を正しく読めば、われわれは彼の自殺地点に、二時より以前に行き着けるはずである。

人知れず、私はファイトを感じた。何としても止めてやると思った。可能な限り、全力をあげる決心をした。

詩の中で、彼は北海道の屈斜路湖で死ぬと言っている。それが本当なら、とりあえず警察に連絡し、北海道の屈斜路湖畔の警察に動いてもらわなくてはならない。

私の放送は、北海道には届いていなかった。せいぜい福島県までである。二、三度仙台からリクエスト・カードが来たことがあるが、仙台でも電波事情が相当悪いらしい。となると、放送を通じて屈斜路湖畔の住人に訴えるわけにはいかない。

しかし、この電話の主がもし北海道で二時に死ぬ気なら、もう今頃は北海道へ着いていなくてはならない。もしあの電話が東京からなら、あれから北海道へ行くのはむずかしくはないだろうか——？　そうか、電話を受けた正確な時刻を聞かなくてはいけないな、などと私は考える。

それともあれは、すでに北海道から長距離でかけているのかもしれない。となるとあれは長距離電話だ。北海道からでもあのくらい鮮明に聞こえるものだろうか。

そうか、テープを持って、電話局にも行ってもらった方がいいかもしれない。電話局なら録音を聞き、長距離か近距離かの判断ができるかもしれない。

その時、社内放送が聞こえた。まだ社内に残っている社員の人、402スタへ集まってくださいと言っている。さあ手分けしなくては、忙しくなるぞ、と私は気分を引き締める。

スタジオへ戻るとコピーがあがっていたので、みなに一枚ずつ配ってくれるよう青江君に指示した。そして福島ディレクターに、電話を受けた正確な時刻を尋ねた。

「八時十分前のようです」

彼は答えた。それならこれは、もう東京からではないなと私は判断した。

この時点で私は少し気が軽くなった。不思議なものだが、放送産業の人間は、自分の発する電波が届いている範囲を、自分の責任領域のように感じる習性がある。ここで人が死ぬなら何としても止めなくてはならないが、北海道となればもう手は届きにくい、自殺阻止に失敗しても、自分の恥ではないという気が私にはした。そうなら安心してこの問題を放送に持ち込める、そう私は思ったのだ。

私がこのテープのオン・エアを正式に決心したのはこの時である。他人ごとのような気がしたからだが、しかし私の考えは、実はあまかった。

「ではあの後ろで聞こえている駅名は、北海道の地名ですかねえ」

福島ディレクターが訊いてくる。

「札幌とかですね」

「どうかな、三文字のように聞こえた」

私は言った。

「どうでしょう、今夜はこの電話をバーンとメインにすえていったらどうですかね？　何だったらほかの電話の紹介は、来年に廻したっていいじゃないですか？」

福島ディレクターが言いだす。

「何といってもこれは、あと三時間ほどで実際に起ころうとしている『事件』ですからねえ、聴取者と知恵を出し合えば、この自殺を何とか阻止できるかもしれない。ちょうどいいことに、三時から八時まで聴取者の電話を受け付けた授受専用電話が、まだここにあります。これをそのままにしておいてもらって、番組中に聴取者からの情報授受に使うというのはどうでしょうね」

「うん、ぼくも今そう考えていたんだ」

私は答えた。

コピーがみなに行き渡った頃を見はからい、私は、ちょっと聞いてくれ、と大声を出した。

経過を話し、今夜の番組は特にこの自殺を阻止するキャンペーンを張りたいんだ、と私は宣言した。最初の一時間は、この電話の録音を流し、若干の曲もかけながら、ぼくが何度かこれを聞きやすいように読み直す。そして聴取者からの電話を待つ。聴取者からの意見や情報をここにどんどん電話してもらう。

スタッフはてんでに頷き、黙って聞いている。私は続ける。

「だからオン・エア用のテープは、今夜は五本も用意してあれば充分です。それもたぶん使用しないでしょう。残る三分電話は、すべて来週以降に廻します。

今夜はどんなことが起こるか解らない。だからみんな、可能な限りここで待機していてもらいたい。必要とあれば、すぐ飛び出してもらいたいんだ。何か意見がありますか？　自殺の場所はこの文面からすれば北海道だと思うけれど、この詩の解釈についても、何か気づいたことがあったらぼくか、福島ディレクターの方まで教えてください」

私がそう言い終ると、武田君が隣りの４０２スタに十人ばかり人が集まったと報《しら》せてきた。私はテープと、メモのコピーを持ち、隣りへ駈け込んだ。私の番組のスタッフは、めいめい持ち場があり、手いっぱいである。警察へ行ったりNHKへ行ったり電話局へ行ったりは、この集まってくれた有志を振り分けるほかない。

集まってくれた顔ぶれを見ると、報道番組のディレクター・クラスの者や、アルバイト学生、それにキャスター・ドライヴァーもいて、なかなか好都合だった。彼らにも私は事情を話し、警察、電話局、NHKと人を振り分けた。そして報告は電話で入れてもらい、場合によってはそのままオン・エアするかもしれませんとひと言断わった。

オン・エアまであと四十五分あった。私は401スタに戻り、この詩の解釈について、もう一度スタッフと知恵を絞った。

「まあ、現代詩というところでしょうねえ」

福島ディレクターは言う。私をはじめスタッフ全員、文学部出身の彼が頼りだった。

「現代詩って?」

私が言った。

「ですから現代の詩ですよ。北原白秋にもの足りなくなった人たちの詩と言ってもいいかもしれない。まあ詩というものの体質が、こういうところまで変貌したと、そういうことじゃないですか?」

「ではこういうのはどう?」

私が言った。

「この詩の中のいろいろな表現は、現実の何ものかを比喩《ひゆ》していると考えて、絵解《えと》きしていくというやり方は。つまりこれらは、現実の何ものかを別の言葉で表現している、たとえばこの『糸ノコ』なら、そうだな……、たとえば電話線であるとか、区の境界線だとか、そうやってあて塡《は》めていくの」

「うーん、どうかなあ……、そりゃあレトリックの問題でしょ？　だから作者各自で方法論が違うだろうし、全部それだとまずいんじゃないかと……」

「レトリックって？」

「修辞学ですよ。まあ、文の飾り方かな」

「ああ、うん」

「ただこの人、最初の方でジグソーパズルの恍惚がどうのって言ってるでしょ？　ジグソーってのは糸ノコって意味だから、後半との引っかけもあるんだろうけど、作者がみずからそう言ってるくらいだから、ぼくはそのやり方でかなり効果があるとは思いますがね。この詩に限ってはですが」

「そうだろう？　この人は、ぼくらに一種の挑戦をしてきたんじゃないかと思うんだ。この謎解きをして、ぼくの自殺を止めてくれってさ」

「ああ、そうかもしれませんね」

「さて、そうと解れば時間がない。この詩を読んで、ぼくらが解ることをどんどん挙《あ》げていこうじゃないか。もしこの人が住んでる場所とか、通ってる学校とか、勤務してる会社とかが解れば、名前や年齢や外見的な特徴が解る。そうなれば調査は早い。最初からいこうか、『暗箱』って何だ？」

「さあ」

「糸ノコって？」

「さあ」

「二十三の瞳は？」

「まるで」

「十本のボウリングピン」

「何でしょうね」

「駄目だこりゃ。解るところからいこう」

「ブラッドベリは解りますよね」

「何それ？」

「アメリカの作家ですよ。確か『墁』という短編があった。でもそれが解ってもなあ、あんまり大勢に影響ないな」

「もうひとつ解ることはさ、この人は毎朝満員電車の吊り紐にブラ下がってるらしいことだね。タイムレコーダーを押すとか言ってるから、学生じゃなく、もうサラリーマンだと思う」

「ああ、都庁ってのがありますね。もしかすると都庁へ勤めている人かもしれないな」

「六方手裏剣って何だろう」

「さあ」

「この映画はお終いまで観てはいけない、って言ってるね」

「ああ、それは自分の人生のことを言ってるんでしょう」

「うん、ぼくもそう思う」

しかしたちまち本番の時間になった。ということは、予告の時間まであと二時間になったということでもある。私たちは詩の解釈はもちろん、電話局や警察の結果も、NHKの研究所の声紋分析の結果も得られないまま、番組に入らなくてはならなかった。

金魚鉢に入り、スタートの瞬間を待っていると、さすがに不安がこみあげた。あの電話がもし単なるイタズラだったら――、突然そう思いついて蒼《あお》くなった。今思うとまったく不思議なことだが、私がその可能性に思いいたったのは、ようやく本番一分前のこの瞬間なのだった。

若かったということだろう。失敗のことなど考えもしなかった。私は当時番組を持ったばかりで、功名心《こうみょうしん》にはやってもいた。

今なら、こんな冒険は頼まれてもやらない。自分の責任問題や、自殺阻止が失敗に終った際の番組のイメージダウンのことなど考えると、あまりに背負うリスクが大きすぎる。考えてみれば、この時私はまだ二十代だったのだ。なんとも危なっかしい時期だった。

突然、スタジオにテーマ音楽が流れはじめる。スタッフの表情がさっと緊張する。番組が始まったのだ。やがて音楽が絞られ、福島ディレクターのキューがきた。

「みなさん今晩は！　さあそういうわけで十二月二十四日、クリスマス・イヴの林安孝パックがやってきた！」

私はせいぜい元気よく、バナナの叩き売りでも始めるような、営業用のおしゃべりを始める。当時はそんな口調がはやりだった。

「みんなクリスマスの計画はたて終ったかな？　さてぼくの方は先週お約束した通り、『自由なおしゃべり三分間』を今日、いやもう昨日になっちゃったわけだが、募集したんだねえ。これが本当にたくさんかかってきた。みんなどうもありがとう。

さっそく今夜はもうこの三時間のワク全部を開放してさ、でっかい声の伝言板みたいな調子で迫ろうと思っていたんだ、思ってたんだがどうもちょっとそうもいかなくなってきた。できない事情が生じたんだな、それというのも、あとで聞いてもらうけど、中にひとつ、とてもそのまま放っておけないような電話が一本、混じっていたんだねえ。

ここはみんな、真剣に聞いて欲しいんだ。聞きようによっては、この電話は自殺予告ともとれる。予告の時間はなんと午前二時、あと二時間なんだ。こういうものが入っててはねえ、ぼくとしてもみんなと一緒にワイワイやってもいられない気分なんだなあ。

二時までの二時間、この電話を中心にして、みんなで知恵を絞り合いたいんだ。さいわい今夜は電話もいくつかスタジオに用意している。番号はあとで言うから、気づいたことをどんどん教えて欲しいんだ。今夜こそみんなで力を合わせたい。だから、この『自由なおしゃべり三分間』は、来週以降に廻そうと思う。でもきっとみんなも異存はないと思うんだ。なにはともあれ、まずはその問題の電話を聞いてもらおう」

私はテープを回すよう、外にキューを送った。そしてテープが終ると、現在までにスタッフと話し合って得ている私の考えを語り、今番組のスタッフが、このテープ中かすかに聞こえる駅名らしいアナウンスの固有名詞を確かめるため、ＮＨＫの研究所へ行っていること、やがて報告の電話が入るだろうということも話した。

この電話を受けた時刻が夜の八時十分前であることも話し、私はもう一度テープをかけるよう指示した。

テープが流れている間、福島ディレクターが大きな紙に、「電話局に廻った小谷スタッフよりデンワ入る」と書いてガラスの中の私に示した。今夜は曲をかける回数が少ないので、こうするよりないのだ。

私は、「あ、今電話局へ廻ったスタッフから連絡が入りました」と放送で断わってから、スタジオ内の電話を取った。電話の声も放送に流れるようにしてある。

「近距離だそうですよ」

小谷スタッフはいきなり言った。私は途端に胃がズキンと痛くなった。

「近距離？　確かなの？」

思わず私は訊き返す。

「確かだそうですよ」

小谷スタッフは、無情にもそう言う。礼を言って電話をきった。

するとこんどは、「声紋の方へ廻っている富田氏よりデンワ入った」と福島ディレクターの文字が見えた。また同じように放送で断わり、私は電話を取る。

私の頭は混乱しはじめていた。さっき友人の井本にこの声の分析を依頼した時ほどには、期待で胸がふくらんではいなかった。

「あ、林さん？　声紋分析の結果、出ましたよ」

なじみの富田氏の声が言った。

「『ナカノ』ですって。『ナカノ』。絶対に間違いないそうです」

「ええっ⁉」

この瞬間の気分を、私は今でも昨日のことのように思い出せる。そのくらいショックだった。一瞬目の前が暗くなったほどだ。

電話局からの報告とあわせ、それが中央線の「中野」だとすれば、夜の八時十分前に中野駅前にいては、北海道の、それも屈斜路湖に、午前二時には到底着けまい。ということは、これがイタズラである可能性が高まったということである。私は蒼ざめた。

しかし私は、表面上は少なくとも取り乱すわけにはいかない。

「さあ、ちょっと厄介《やっかい》なことになってきた。この電話の主は、昨夜の八時十分前には中野駅前、これが中央線の中野とは限らないわけだけれども、とにかく中野という名前の駅の前にいたことが、ほぼ決定的になってきました。するとどういうことなんだろう？　それから約六時間後に、北海道の屈斜路湖にたどり着くことは不可能じゃないのかな……。

今考えられることはこれがイタズラか、……それとも八時に東京の中野にいて、そのあとうまく乗れる北海道行きの飛行機の便があるものなのかどうか。とにかく今スタッフに調べてもらいましょう」

私はサブに目で合図を送った。福島ディレクターが小さくうなずき、二人のスタッフが廊下へ飛び出していった。オフィスへ時刻表を取りにいったのだろう。私は続ける。

「中央線の中野駅付近にお住まいの方で、さっきのテープが十二月二十四日の夜八時十分前の中野駅前の音である、それともそうでない、という証拠にお心当たりのある方は、至急スタジオまでお電話ください。もう一度テープを流しますので」

それにしても私は、よくこんな型破りな方法をとったものと思う。本当にいい度胸というほかない。振り返ればひたすら感心するばかりだ。この中野が、中央線の中野ではないかもしれない、そう私は期待していたのだ。

この頃から、スタジオにぽつぽつ電話が入りはじめた。メモしたいから、もう一度ゆっくり読んでくれという声が多かった。

私が一度ゆっくり読み終ると、中野駅前のレコード店の店員だと名乗る男性から電話が入り、あのジングルベルは私が頼まれて録音し、流したものだが、一カ所失敗して針がとんだところがある。放送でちょうどその箇所が聞こえたので間違いない、あれは中野の駅前である、そう断言した。

私は、これはもう飛行機の便に期待するほかはないと考えた。深夜の飛行機便でもあれば、これが中央線の中野駅前だってかまわないのである。

　廊下へ出ていったスタッフ二人が、スタジオに戻ってきていた。面倒なので私は、彼らの報告もそのままオン・エアした。

「問い合わせてみましたが、夜八時以降北海道へ飛ぶ便は、成田にも羽田にも一便もないそうです」

　それからもう一人が、こんなことを言った。

「それから北海道にはナカノという駅は、国鉄にも私鉄にもひとつもないそうです」

　私はあらためて絶望した。うっかりマイクの前で溜《た》め息をつきそうになった。こんな電話一本のために、大勢のスタッフをここまで引っ張ってきたことを後悔した。今頃この電話の男は、ラジオを聴きながら、どこかで一人大笑いをしているのではないかと思った。

　私の落胆は、きっと電波を通じて聴取者にも伝わったのだろう。その時こんな電話が入り、私の勇気を再び呼び戻してくれた。

「林さんはさっきから北海道にこだわっているようですけど、そういうことならこれは、東京で死ぬつもりなんですよ、この人は。屈斜路湖というのは、東京のどこかにある場所なんじゃないですか？　東京なら、場所さえ解れば誰かがすぐに助けにいけますよ」

そうだ、と私は思った。聴取者はありがたいものである。考えてみればこの詩の文面からして、これが東京である可能性はずいぶん高かったのだ。とすれば、なんとしても彼を助けなければ、と私は今こそ思うべきなのだった。私はあえて自分の気持ちを奮い立たせた。ここまできて、もう引き返すことはできないのである。

聴取者から電話が入った。

「十本のボウリングピン、というのは、新宿副都心の、例の高層ビル群じゃないでしょうか。今何本建ってるのかぼくは知らないけれど」

そうか！　と私は思った。十本といえばボウリングピンの数だけれど、もしかするとあのビルの数も、ちょうど十本あったのかもしれない。私はまた、サブにキューを送った。402スタに集まり、今サブに残ってくれている者のうちには、テレビ局舎のディレクターもいた。FXSテレビでは、『朝のワイドショー』でいつも副都心の絵をタイトルバックに使っている。また一人、深夜の廊下へスタッフが飛び出していく。テレビ局舎の方へ駈けていった。

報告はすぐに入り、現在建設中も含めて、高層ビルの数はちょうど十本あるという話だった。

「これでだいぶ進んだ。電話の主は、いつも通勤途上、副都心のビル群の見える電車を利用してることになるね。そういう電車は中央線か、小田急線、それとも、山手線《やまのて》

「……あっ！」

と私は思わず放送で叫んでしまった。

「中央線だ！　中央線は真っすぐ、一直線だ！　この『糸ノコ無しで切れるただひとつの東京』というのは、中央線のことなんだ。だから中野の駅前で電話してる。きっと中野あたりに住んでる人なんだ。これでずいぶん進んだぞ！」

しかし実際問題としては、大して進んでもいなかったのだ。八時以降、北海道行きの飛行機便は一便もないこと、中野から羽田までは一時間くらいはかかる。成田ならもっとかかる。そして電話の青年は、八時十分前には確実に、中野駅前に居たことが今や確かめられた。この矛盾点は相変わらず私の前に立ちふさがっていた。

こうなると、もしこれがイタズラでないならだが、北海道と屈斜路湖が東京にいいいいてはならないという理屈になる。なんとも矛盾した話になってきた。私はそのことを放送で語り、中野あたりに、いや、中野でなくてもいいわけだが、「屈斜路湖」なんて名のスナックとか飲み屋でもないか、知っていたら電話をくれと呼びかけた。

この頃からスタジオの電話がたくさん鳴りはじめた。おそらく私の朗読のメモを充分読んで、聴取者が自分の考えをまとめたのだろう。

私は時計を見た。しかしこの時点で、すでに一時間が経過していた。あと一時間――！

「六方手裏剣というのは、東京都のマークのことなんじゃないですか？」

とこんどは女の子の声が言った。

ああなるほど、と私は思った。

「東京都のマークは真ん中にワッカがあって、周りの六方向に剣が飛び出したみたいな格好してます。真ん中の輪が山手線としたら、ちょうど東京の電車の図みたいにも見えます」

女の子の声は、寒いのか、それともあがっているのか、少し震えている。

「時計でいえば、十二時の方角が東北本線、二時の方向が常磐線、四時が総武本線、六時が東海道本線となって、八時が解らないけど、東横線か、小田急線か、京王線になると思うんです。そうすると、十時の方角というのは、やっぱり中央線になります」

私はどうもありがとうと言って電話を置いた。やはり大勢で考えれば早い。またひとつ確かめられた。怪電話の主が中央線沿線に住んでいることは、どうやら間違いなさそうだ。

でもどの駅なのか？　中野でよいのか？　東西の線は解った。これで南北の線が解れば、住所の見当はつくのだが――。

しかし、問題はそんなことより、死のうとしている場所だった。こっちの方が遥かに重要である。

また電話が入ったとディレクターの合図がくる。私はすでにつながっている受話器を取りあげたが、思えばこの電話が、一番私の胆《きも》を冷やした。この時の気分を思い出すと、今でも背筋が冷える。電話の声は中年のようだった。

「もしもし、あの詩の解釈に関してですがね、あなた方は自殺の宣言と決めてかかっておられるようだが、はたしてそうでしょうかね？　私にはあれは『いざ東京を去らん』という都落ちの嘆《なげ》きのように聞こえましたよ。『退場』というのは『東京』を退場するのであって、『人生』を退場するのとは違うんじゃないですか？」

頭から冷水を浴びせられたような心地がした。頭に血が昇っていて、私はそんなふうに疑うことすらしなかった。これはマスコミ人種の悪い癖《くせ》である。テンポはひどくよいのだが、調子ばかりよくて、深くものを考えることをしない。いつも時間と追っかけっこをしているからだ。

ガラス越しにサブルームの福島ディレクターを見ると、彼も下を向いて考え込んでいる。

私はまた蒼くなった。もしもその通りなら、私は大変な赤恥をかくことになる。辞表ものの失態であった。

その時サブの電話が、二、三台同時に鳴るのが見えた。赤ランプがつくので私にも解るのだ。福島ディレクターがそのひとつを受けていたが、すぐに私の方を向き、キューを送ってよこした。この電話の主と話せという合図である。

「もしもし、さっきの電話ですが、あれがもし正しいとすれば、『屈斜路湖』というのは上野から東北か北海道へ帰る列車の名前じゃないですか？　午前二時というのは、それが上野を発《た》つ時間」

私はますます蒼くなった。しかしとにかくサブに向かって、時刻表！　と叫んだ。なるほど午前二時に列車に乗って東京を退場か、とすればなんという馬鹿な勘違いを、自分はしでかしたことだろう。

時刻表がサブに届いた。二、三人のスタッフが、わっといっせいに集まってページを繰っている。福島ディレクターがさっと勢いよく手をあげ、しゃべるぞと合図をよこした。あったのか？　私は力なくうなずいた。

「林さん、そんな列車はないですね。上野発下り常磐線の最終は、二十三時三十分、午後十一時三十分が最終ですね。あとは午前五時七分の平《たいら》行き鈍行まで列車はないです。

列車の名も〈十和田五十一号〉、〈ゆうづる〉、〈ときわ〉、〈ひたち〉、〈奥久慈〉……、こういった調子です。

次に東北本線ですがねえ、これも十一時五十五分発の急行〈ざおう銀嶺〉が最後で、やはり翌朝五時すぎまで列車はないです。列車名も〈ふるさと〉、〈ばんだい〉、〈つばさ〉、〈まつしま〉、〈やまばと〉、〈津軽〉……、どこにも〈屈斜路湖〉とか、それに類した名前は見当たらないですねえ」

「ああ、そう！」

現金なもので、途端に私は元気が出た。すると次の電話が入った。

「さっきの二本の電話に関してなんですけど、あれは違うと思うんです。列車で退場するなら、『屈斜路湖にて』というのは変です。そんな名前の列車はないし、上野にしても東京駅にしても、近くに湖なんてないですから」

福島ディレクターもサブで時刻表を見ながら、大きくうなずいて寄越す。

「それに、『最期の始末までお世話になるには及ばない』って言ってるわけですからねえ、やっぱり自殺の宣言でよいとぼくは思います」

こういった電話が二つ三つ続き、私はずいぶんと救われた。

また電話が入った。

「『広がる輪はついに八つになり』ってのと、『六つめの輪はボクのアパートに押し寄せる』っての、あれは道路のことじゃないですか？

ぼくは前ちょっとそれを調べたことあって、東京の道路は皇居を中心に一番内側が内堀通り、二番目が外堀通り、次が外苑東通り、それから明治通りと水の輪が広がるようになっていき、六番目っていうのは、環六《かんろく》の山手通りのことじゃないですか？」

なるほどと思った。即座にこれは正解だと直感し、

「地図ある⁉」

とサブに呼びかけた。

ということは、これで南北の線が解ったことになる。さっき東西の線が出た。すなわち中央線だが、これと山手通り、この二つの線が交わるあたりを見ればよいことになる。それが、この電話の主の住まい付近である可能性が高い。

東京区分地図が金魚鉢の中に届く。

中央線と環六が交叉するあたりというと、東中野だ！　やはり中野。

「中央線がボクの塒を貫いて走る」

詩の一節が思い出された。

「東中野付近のアパートの人、聞いてください。自分のアパートの住人で、それらしい人に心当たりがある方、自殺しそうな人の心当たりのある方は、大急ぎでこっちへ電話をください」

そう私が訴え終った時、決定的ともいえる電話が入った。若い女性の声だった。

「私、それらしい人が、きのうの八時頃、中野駅前の電話ボックスにいるのを見ました」

「どうしてその人だって解ったんです？」

「便箋《びんせん》みたいな紙を広げて、電話口で読んでいましたから」

「どんな人でした？」

「茶色のコートを着ていました。ズボンは黒っぽい色で、髪は七・三に分けて、別にこれといって特徴はなかったです。なんとなくセールスマンの人みたいに見えました」

「持ちものはありました？　その人に。カバンとか……」

「さあ、憶えてませんけど、何もなかったと思います」

「もう一度会えば解りますか？」

「いえ、顔は見なかったんで……、でもひとつ特徴といえば、痩《や》せてひょろっとして、背が高かったことです」

　すると間もなく、中野の住人と名乗る人物から電話が入った。

「ぼく、さっき林さんの言ったあたりのアパートに住んでるんですけどね、そういう人相の人、同じアパートで心当たりあるんです」

「本当に⁉　自殺しそうな人？」

「ええ、そんな感じです。ぼくの部屋の隣りの隣りの部屋なんですけどね、会社員の人です」

「死にたいって言ってたの？」

「いや、つき合いは全然ないですからね。でも勤めから帰っても、ずうっと雨戸を閉めた部屋に引きこもっていて変だし、ぼくのアパートはですね、中央線の高架のすぐ脇だし、環六沿いでもあるから、騒音がもの凄《すご》いんですよ。ひと晩中トラックの音がひっきりなしにしてて眠れないし、明け方になれば電車が走るでしょ？　木造の古いアパートだから揺れはひどいし、テレビはまともに映らないし、ぼくみたいに、いつも友達が入りびたって徹マンやってるみたいなやつ以外は、すぐに出ていっちゃうんです。一人でいたら死にたくなると思うなあ、陽は当たらないし。

その人、文学部の出身だそうだし、詩も書いてるって話だったし、北海道の高校だって大家さんが言ってたから、たぶん間違いないんじゃないかと思うんです。それにいつも茶色のコート着てます。今見てきたら部屋も整理されてて、帰ってないし」

「解った。どうもありがとう！　その人、名前は？」

「糸井一郎っていいます。年は二十七、八かなあ」

私はアパートの住所や電話番号を訊き、電話を切った。これで名前と、外見的な特徴が判明した。普通の犯人捜しか何かなら、これで大進展のはずだった。しかし今は違う。タイム・リミットがあるのだ。自殺地点が解らなければ、なにも意味がないと言っても言いすぎではない。私は時計を見た。一時半になっている。あと三十分！

落ちつくため、私は曲をかけた。電話はまだ鳴っていたが、「二十三の瞳」は東京二十三区のことではないかとか、「まだらの紐」というのは国鉄のことではないかとか、私はいちいちなるほどとは思ったものの、自殺現場に関する決定的な情報ではなかった。

　北海道、北海道、屈斜路湖、屈斜路湖——そう私は考えを続けていた。東京の北海道——!?　これはいったい何を示しているのか。北《きた》の海《うみ》の道《みち》?　北海道、北海道の特徴というと何だろう?　非常に寒い場所という意味か?　どこかの冷凍工場か?　それとも、最も北という意味か?　それなら北区か、足立区か。

　私はまた詩を写した紙を見た。しかし、「ボクのアパートに押し寄せる南へ沿って波乗りすれば」とある。南だ。北ではない。この南へ沿ってというのは、おそらく六つ目の輪に沿ってだろう。私は区分地図を睨《にら》み、環六に沿って指で南下してみた。中野区、新宿区、渋谷区、と次々とページを繰りながら南下する。

　しかし、北海道や屈斜路湖を連想させるような何ものも見当たらない。東中野から南下すれば、渋谷区に入り首都高速をくぐる。そして初台《はつだい》、代々木《よよぎ》と進み、富ヶ谷《とみがや》へ出る。松濤《しょうとう》、神泉《しんせん》町、そしてまた高速をくぐる。恵比寿《えびす》へ出る。駄目だ、何もない、私は溜め息をつく。「波乗り」。「波乗り」というのは何だ!?　サーフ・ライディング——、何か重大な意味があるのだろうか?

時計を見る。すでに二時十分前になっている。この頃、私はもう完全に後悔していた。あと十分ではもう無理というものだろう。まるで私の恥を実況中継しているようなものだった。ああ若気のいたりだった、と思った。

その時電話のベルが鳴ったらしく、サブの連中が受話器を取りあげるのが見えた。これが決定的な情報であってくれ、私はそう神に祈った。この電話がそうでなければ、もう絶望に違いなかった。福島ディレクターが、つながっているから受話器を取れと合図してきた。祈りながら電話を取った。

「あのう……、『まだらの紐で囲まれた都会のオアシマ』というのは大島のことじゃないでしょうか。『まだらの紐』というのは国鉄のことで、地図で見ると、国電の山手線で囲まれた部分は、伊豆《いず》の大島とかたちがよく似ています。そうすると、『波浮の港』というのは品川の水上警察のあたりか竹芝桟橋あたりで、『三原山』というのは皇居か、東京タワーにあたると思います」

「ああなるほど、それで？」

「いや、それだけなんですけど」

私は心の底から失望し、怒りに近い気分まで湧いた。

「そうか、解った。でももうあと十分もないんだ。時間がない。今後は、北海道と屈斜路湖が意味するものが解った場合のみ、電話をください」

私は電話を切り、金魚鉢の中へ青江君を呼んで、この自殺場所に関する電話でない限り、もう中につながないでくれと耳うちした。

私はこの時、聴取者はどうしてこっちの気持ちを汲んでくれないのだろうと内心憤慨していた。今何が一番大事か、解りそうなものではないか。一人の人間が今死のうとしているのに、みんなラジオの前でのんびり枝葉末節の謎解きに熱中しているのだ。

あと五分になった。泣きたい気分だった。大島だって三原山だって、そんなのどうだっていいじゃないか！　そう頭の中で罵《ののし》った。しかし今考えると、そうではなかったのだ。これは重大なヒントだったのである。

また電話が鳴り、受話器を取れの合図がきた。受話器を耳にあてると、眠そうな男の声が聞こえた。私は六年後の今でも、この声がはっきりと耳に残っている。私にとっても、糸井一郎にとっても、それはまさに救世主の声だった。

「北海道というのは目黒区のことでしょう」

電話の声はあっさりと言った。一瞬意味が解らなかった。それでとっさには言葉が出ない。

「環六に沿って東中野の南にあたりますしね、かたちが北海道に似てますよ」

そう言われてようやく解った。そうか、かたちか！　私はそれまで、地図の中野区や渋谷区や目黒区のページを何度も何度も開き、その上に指まで這《は》わせていたのだが、なにぶん大きすぎて全体のかたちにまで目がいたらなかった。うかつだった。

「函館あたりに自由が丘があるし、都立大学が札幌にあたるかな。そんなふうにして屈斜路湖を地図で捜してみたんですが……」

私も急いで東京区分地図の、目黒区のページを開いた。

「すると目黒区の東北部、北海道でいえば北見《きたみ》か網走《あばしり》の位置に、科学技術庁の金属材料技術研究所があって、その敷地に、ちょうど屈斜路湖と摩周湖《ましゅうこ》みたいに二つの大きな池があるんですよ」

私は飛びあがった。今すぐにでもこの眠そうな声の主のもとへ飛んでいき、手を握り締めたかった。

「ありがとう、ありがとう！　あなたどうもありがとう！　時間がないのでお礼はあとで。係りの者に電話番号を言っておいてください」

私がそう言うと、それはもう訊かれました、と彼は相変わらず眠そうな声で答えた。

「この放送を目黒区中目黒で聞いてる仲間がいたら、すぐ現場へ飛んでいって止めて欲しいんだ。われわれが今から駈けつけてももう間に合わない。正確な住所は中目黒二丁目、場所は科学技術庁の研究所の中庭にある池だ。急いでくれ！　頼むよ！　絶対に止めてくれ！」

私はほとんど絶叫した。サブルームからスタッフの大半も飛び出していく。彼らは局の車で駆けつけるつもりなのだ。富田ディレクターは、警察へ連絡するためだろう、廊下へ飛び出した。サブルームの電話は、情報授受専用にしてあるから使えない。私はさらにマイクに向かって訴える。思わず涙声になっていた。

「糸井一郎さん、もしこれを聞いていたら思いとどまって欲しい。ぼくらは君の謎を解いた。もうこれで君は納得してくれていいはずだ。そりゃ少し遅れてしまったが、君が望む通り、ぼくらは謎をちゃんと解いた。だからもう死ぬ必要はないはずだ。ぼくらに君を止める権利が生じたはずだ。思いとどまって欲しい！」

そして私は、そうかかたちだったのか、ともう一度考えていた。大島のかたちうんぬんの話が出た時、すぐに気づいてもよかったのだ。

時計を見ると、二時を二分ばかり廻っている。まだ生きていてくれ、と私は再び神に祈った。そして、「糸ノコ」は「糸井」からの連想か、なるほど、などと、糸をたぐるようにして、次々に詩の謎が解けた。

ただすわって待つだけの長い長い時間がすぎ、二時十分すぎ、待ちに待った聴取者からの電話が入った。

「林さん⁉　もう大丈夫ですよ。止めました。放送を聴いて、仲間がいっぱい集まってますよ」

みるみる体から力が抜けていった。心の底から安堵《あんど》した。そして自分がぐったりと疲れていたことを、この時、ようやく知った。

やがてスタジオから飛び出していったスタッフからも連絡が入り、

「いや今着いたとこですがね、すごいですよ林さん。放送を聴いた仲間がね、心配して大勢駆けつけてくれていて、そう、三百人くらいはいるかなあ……。当の糸井一郎さんのお話、聞いてみましょうか?」

「いや」

私はあわてて言った。さすがにスタッフは、マスコミ根性が骨の髄まで染み込んでいると思った。

「ずいぶん疲れていらっしゃるでしょう。そっとしておいてあげてください」

とそれだけの言葉を、やっと、私は口にした。そういう私自身、これまで記憶にないほどに疲れていたし、なにより喋るのがむずかしいほどに感動していたのだ。

番組への反響は素晴らしかった。局内でも評判となり、この一件で私は、ようやく駆け出しから卒業できた気がする。

この冒険から私が得たものは大きかった。私は、自分の放送を聴いてくれている人たちが大勢いるのだという何よりの証を得たし、そしてアナウンサーという職業に、ささやかな誇りを持つことができた。今にいたるまで、この事件は私の心のうちのひそかな勲章である。

糸井一郎さんはそれからサラリーマンを辞め、お父さんとの共同出資で横浜にジャズの店を出した。私はここに、今もよく顔を出す。それはむろん私がこの店を気に入っているからだが、あの事件の頃の若い自分を、危なっかしいが正義感に燃えていた時代を、忘れたくないと思うからである。

3

読み終り、私は瘦せて背の高いバーテン氏の姿を、あらためて見た。

「ふうん、こういういきさつでこの店はオープンしたの」

私は言った。バーテン氏は笑ってうなずいた。

「ぼくは林ちゃんとは長いんだけどね。ずっとテレビ制作にいてね、仙台にいたんだ。今年になってようやく中央に返り咲いたわけ。だからこういう事件は知らなかった。地方だったからね」

そう言ってから私は本を閉じ、しばらく放心していた。深夜ラジオが聴取者とともにあった時代か。そんないい時代の、これは事件だなあ、としみじみ思った。

「で、このエッセイに出てくる最後の電話、ありますでしょう？　目黒区が北海道のかたちに似てるって言った電話」

バーテン氏が言った。私は声に出さず、うなずく。

「あの電話の主が、さっきの演説病の先生なんですよ」

「ああ、そうか！」

言われてようやく私は、自分がこの本を読みはじめた理由を思い出した。思わず、さっきの演説病の集団を振り返った。しかし彼らはすでに帰ったらしく、もう姿は見当たらなかった。

「あの先生がねえ……、見かけによらないね。よく電話で演説しなかったものだな」

「眠かったらしくて」

バーテン氏は笑った。

「そうか、深夜放送だもんな。で、マスターの糸井一郎さんは？　今夜はいないの？」

「いますよ、目の前に」

「え？　君？」

私は目を丸くして、三十歳くらいにみえるバーテン氏を見た。

「そうなんですよ。遠い昔の話。ノイローゼの頃ですよ」

「ほう、ノイローゼ」

「そりゃもう、ひどいもんでしたよ。あらゆる音が、都会のたてる音ですね、車や電車や雑踏ってだけじゃない。都会人の撒き散らすいろんな神経的な不快さがね、どっと押し寄せてはぼくを押し潰《つぶ》そうとしている感じがしたな……、当時。ぼくは北海道出身の田舎者だったし」

「ふうん」

「でも今はもう大丈夫、あの時死ななくて本当によかったって思いますよ。今はね」

私は何度もうなずきながら聞いていた。自分の若い頃を思い出していたのだ。林安孝のこの思い、私にも憶えがある。そしてふと、忘れていた質問を思い出した。

「そうだった、この店の名の由来だった」

「親爺《おやじ》がこの店を作った時、いわば恩あるさっきの演説病の先生に、店の名前をつけさせてあげると言ったんです」

「ああそうか、なるほど、息子の命を助けてくれたわけだものね」

「ええ、そしたらあの先生、そりゃ光栄ですがおそれ多い、しかし例の詩にならタイトルがつけられると言ったんです」

「それが『糸ノコとジグザグ』？」

「そうなんです」

「それをそのまま店の名にしたってわけね。マスターが糸井さんでもあるし。……だけどさ、これ電話の受け応えの時なんか長すぎない？」

「いや、そりゃ通称『ジグザグ』ですから」

「ああ、『ジグザグ』、うん」

「この名前にはもうひとつ、裏の意味があるんですよ」

「裏の意味？」

「解りますか？」

「いや」

「ほら、このコースターを見てください。『糸ノコとジグザグ』、英語で書けば、こんなふうに〝Jigsaw And ZigZag〟でしょう？」

「『ジグソー・アンド・ジグザグ』、うん、そうだね」

「このそれぞれの頭文字だけ取り出すと、ほら、J・A・ZZになるでしょう？」

「ああ本当だ、なるほどね！」

私は感心した。

ガラスケース

五年間勤務していたネクタイ売り場が改装することになって、横一メートル三十、幅五十センチ、深さ八十センチの大きなガラスケースがいらないことになった。どこかへ捨ててこいと言われたのだが、なんとなくアパートへ持って帰ってきてしまった。何に使おうかとしばらく思案して、ふと思いついたのがおたまじゃくしである。子供の頃、よくおたまじゃくしを水槽の中で飼って、カエルになるまでを観察したものだ。これだけ大きなガラスケースなら、水を溜めるだけじゃなく、中に砂地も作れると考えた。水だけでは、おたまじゃくしがカエルになった時困るだろう。

ケースの右半分に砂を入れ、左半分に水を入れた。するとちょっとした海岸もできた。砂地には鉄道模型用のプラスチックの木を植えて森を作ったり、水車小屋を置いたりした。

日曜日、電車で郊外へ行き、おたまじゃくしを探したが、まだ卵しかなかった。寒《かん》天《てん》みたいな透明なチューブの中に、点々と黒い球が並んだカエルの卵を、どっさり牛乳ビンに入れてアパートへ帰ってきた。ガラスケースの水の中に移し、じっと見ていると、ゆらゆら揺れて、太古の海に発生した原生動物のようだった。

勤めから帰るたびに眺めていたら、ある日卵が全部かえっていた。水中が真っ黒くなるくらい、小さなおたまじゃくしがひしめいて泳いでいる。

半数くらいはすぐ死んでしまったが、十日も経つと、待ちに待った手足がはえてきた。

二週間もすると、どうやらカエルになったらしかった。なったらしいのだが、どうもおかしい。おたまじゃくしに手足がはえたら、てっきりあのヒキガエルやガマガエルにすぐなるものと思っていた。ところが全然あてがはずれた。手足のはえたおたまじゃくしは、なんだか真っ黒で気味が悪かったし、期待していたよりよほど小さかった。おたまじゃくしの頃から、体はあまり大きくはなっていない。

それにどうもかたちが変だった。いつまでたっても尻尾がとれないし、体つきもずんぐりして、どちらかといえばカエルというより、ナマズかサンショウ魚の子供みたいだった。

そのうち、このサンショウ魚の何匹かが、のそのそと上陸してきた。やっぱり尻尾はついたままだった。

翌日になると、まだ水の中にいた連中も、みんな上陸した。その頃になると、生き残っていたのはほんの十数匹だった。

まったく変だった。ちっともカエルにならない。それどころか、そのうちサンショウ魚の背中がどんどん膨《ふく》らんできて、首はキリンみたいに長くなった。

ある朝起きてガラスケースを覗《のぞ》いてみたら、狭い水べりや、プラスチックの森の間に、小さな恐竜たちがいっぱいいた。水べりの苔《こけ》や、仲間の死骸《しがい》をせっせと食べていた。プラスチックの木にも、さかんに噛みつこうと奮闘していた。私はあわてて近所から本物の木の枝を切ってきて、砂地に刺した。

恐竜の仲間には、翼が生えて、空を飛びだす者も現われた。翼手竜だ。コウモリみたいにひらひら飛んではガラスケースにぶつかった。

やがて恐竜たちの仲間から、小さな針ねずみのような者が現われた。哺乳類だ。と思う間に、まるでそれが合図だったかのように、残りの恐竜たちは共食いで滅んでしまった。翼手竜のうちの一匹だけは鷲《わし》に似た鳥になったが、それもすぐに死んでしまった。

針ねずみになって生き延びた一群は五匹だけだった。

思った通り、そのうちの三匹が、小さな猿になった。最初は四つん匍《ば》いで歩いていたが、やがて短い距離なら二本足で歩くようになり、とうとう終始二本足だけで行動するようになった。

ずいぶん木に登るのが好きな連中で、こうなるともうプラスチックの木や小枝では不足らしかった。私は裏庭からもっと大きな枝を切ってきて、ガラスケースの中央にしっかりと立ててやった。すると小さな猿たちは、一日中この木に登ってすごしていた。

この頃になると、ようやく私はガラスケースの中で起こっている出来事の真意を理解した。いったいどうした理由からかはさっぱり解らないが、この小さなガラスケースの中で、生物の進化の歴史がひと通り起こっているのである。となると、次にこの小さな猿たちは火を知り、道具を持ち、やがて人間になるに違いない。

徴候はたちまち現われた。彼らは枝を一本もぎ取ると、葉をすっかりちぎり取り、どこからか見つけてきた糸くずで先っぽに小石を結びつけると、互いに殴りっこを始めた。

五匹いた猿たちは、それで三匹になった。

そのまま一週間ばかりがすぎた。ある晩酔ってアパートへ帰ってくると、ガラスケースの底に、ぽつんと一人、小指くらいの人間が立っていた。

酔ってしまって焦点がうまく合わない目でじっと見ると、どうも男の子供らしかった。あわてて虫メガネを取ってきた。ガラスケースに鼻を押し当てて、じっと虫メガネで顔をみると、びっくりした。自分の子供の頃にそっくりだったからである。

「こいつは俺だ！」

思わずそう叫んだ。

小学校時代の卒業アルバムを探してきた。六年生の時の遠足の写真を出してみると、思った通りだった。今ガラスケースの中にいる小人が、写真の中にもいた。ガラスケースの中にいる子供時代の私は、砂地の中央にじっと突っ立ったまま、ぼんやりしている。どうしていいか解らない、自分が何故ここにいるのか解らない、というったふうである。

私は酔った頭でその理由を考えた。そして思い当たった。火ではないか――？　ガラスケースの中で起こった進化の歴史の内、たったひとつ欠落したものがあった。水中の原生動物、やがて上陸、恐竜となり、哺乳類が現われ、人類が登場し、道具を知る――、すべて歴史の教科書通りである。なんの狂いも過ちもない。しかしひとつだけ足りないものがある。それは火だ。人類が火を知るという、あの劇的な事件が欠落しているのだ。

よし、ひとつ俺が教えてやろう、そう私は考えた。そうでなくてはこのガラスケースの中のミニ歴史ドラマは、完全なものにならない。私はさっき貰《もら》ったバーのマッチを、ガラスケースの中に放り込んだ。子供時代の私の、すぐ足もとに落ちた。

じっと見ていると、ずいぶん長い時間かかって子供時代の私はマッチ箱を開け、マッチ棒を一本取り出した。長いことそれを振り廻したりして遊んでいたが、私がガラスケースの外で、何度もマッチを擦って見せてやると、とうとうこの棒の使い方を理解した。

マッチ棒を両手でしっかり抱え、右足で箱を踏んで押えると、棒の先を箱の横に当てがって、下から上に向かって擦った。

何度かこすっているうち、とうとう火がついた。ガラスケースの外の私も、それから中の私も、大声で歓声をあげた。これで歴史は完全なものになったのだ。

しかし次の瞬間、私は恐怖で息を呑《の》んだ。重労働で疲れたのか、ガラスケースの中の私は、火のついた棒を持ったまま、大きくよろけたのだった。開いたままになっていたマッチ箱の、行儀よく並んだマッチ棒の頭に、どすんと尻餅《しりもち》をついた。すると、火のついたマッチ棒が、内箱の中で並んだマッチ棒の上に、落ちたのである。

たちまち引火。マッチ箱の中のマッチ棒が全部、一瞬のうちに燃えあがった。大きな炎の玉が上昇し、続いてそれが、白いキノコ雲に変わった。そのせつな、私はキノコ雲の理由を知った。

激しい悲鳴がガラスケースの中に響き渡った。子供時代の私は、あっというまに炎に包まれた。炎の中で手足をバタつかせ、ひとしきりもがくのが見えていたが、やがて倒れ、動かなくなった。火が消えると、小さな黒焦げ死体がひとつ、黒いマッチ箱の残骸の上に残った。

寝床に入り、煙草を喫いながら考えた。いったいあれは何だったのだろう。ガラスケースの中で起こった一連の歴史劇は、何を語るものだったのか。

ふと目が開いた。どうやら眠り込んでいたらしい。激しい音に包まれていた。この世の終りか、と考えた。炎だった。私は炎の真っただ中にいて、体もすでに半分以上燃えていた。激しい悲鳴をあげた。わけが解らなかった。

そうか、寝煙草か、と気づいた。煙草を消さなかったのだ。私の寝煙草のせいで、アパートが火事になり、今、私は焼け死のうとしているのだ。

この時、私はようやく知った。あのガラスケースの中の出来事の意味をである。死の間際、人はそれまでの一生を一瞬のうちに夢に見るという。私は自分の一生ではなく、生物の一生を見たらしい。

バイクの舞姫

1

首都高速を霞《かすみ》ヶ関《せき》で降り、私は内堀通りを左折した。霧のような雨が降っていた。右手に見える皇居の森も霧雨に黒く沈み、カーステレオのスピーカーからは、ハートの「ジョニー・ムーン」が流れていた。

ゆっくりと動くポルシェのワイパー越しに、石造りの最高裁判所が見えてくる。そしてその向こうに懐かしい国立劇場――。

その時だった。爽片子《さえこ》⁉ 私は思わず叫び声をあげそうになった。ほんの二十メートルばかり先だった。私はあり得ないものを見たのである。そうだ、まさにあるはずがないものを、である。

霧のような雨が降る午後の歩道に、髪の長い若い女が立っていた。細っそりした体つき。グレーの皮つなぎを着ているように見えた。ゆっくりと、赤いフルフェイスのヘルメットを被《かぶ》るところだった。一重瞼にみえる切れ長の目、高い鼻、細い顎。間違いない。爽片子！　どう見ても彼女だった。

「爽片子！」

私の車が彼女のすぐ横にいたら、私は間違いなくそう叫んでいたろう。思えば、そんな行為自体、一種の狂気なのだが、解っていても私はそうしたろう。そうせずにはいられなかったに違いない。

しかし渋滞が、私を狂気から救った。

彼女が歩道に止めていたバイクは、ヤマハのSRX―4らしかった。銀色のそのバイクに、爽片子はゆっくりと跨《また》がった。ギアがロウに入った時、びくんと車体が震えるのが見えた。たちまち私の数台先の車の鼻先をかすめるようにして、彼女は右の対向車線に躍り出る。私は急いでポルシェの車内で、上体を右の助手席に移動した。

爽片子は、まるで霧雨に挑みかかるように加速した。そして動けない私のポルシェの横を、風のように走り抜けた。すれ違う一瞬、私はフルフェイスの中に、切れ長の瞳を見た。しかも見事な腕、間違いない、爽片子だ。

私はいつまでも後方を見ていた。彼女が細い上体を少し左に傾け、カーヴを走り抜けて、小さな独楽《こま》のようになって灰色に煙る石の街に消えるまで、じっと目を据《す》えていた。

前方の車が動きだし、後方からクラクションの雨が私に浴びせられても、私はしばらく動けずにいた。これはいったいどうしたことか。幻なのか、それとも亡霊か。十五年の時の彼方から、彼女はバイクに跨がり私の前に姿を現わしたのだ――。

あれは三島由紀夫が割腹自殺をした年だったから、数えれば確かにもう十五年の昔になる。私は当時学生で、四谷《よつや》の安アパートに住み、水城《みずき》爽片子とほとんど同棲に近い生活を送っていた。

私のアパートの部屋はそれはひどいもので、窓をいっぱいに開けても、見えるのは50センチ向こうに立ちふさがる隣家のモルタル壁ばかりだった。雨の日など、絶えず窓のそばで水がちょろちょろと流れる音が聞こえ、私は陽の当たらぬ湿った檻《おり》にでも閉じこめられたような気になって、ひどく気が滅入ったものだ。

陽が入らないから、晴れた日の昼間でも蛍光灯をつけなければならず、私は来る日も来る日もその暗い穴蔵のような部屋を抜け出して、バイトにかよっていた。

一方、水城爽片子は、紅月《こうげつ》流という由緒ある日本舞踊の家元の一人娘だった。なかばやくざのような私と違い、彼女はサラブレッドだった。そんな彼女が何故私を愛したのか、それが今もって解らない。

いや彼女に関してなら、それればかりではない。何から何まで謎だ。その存在も、生きていた理由も、そして死の理由も解らない。

私にとって彼女は、自分が格式ばった家柄に生まれ、また美しかったこともあって、日本舞踊の踊り手になることになんの疑問も抱けないという運命に、内心強い反撥を覚えながらも順応し、優等生としての生活をむしろ嬉々として送っているように見えた。彼女は、両親や水城家を支える人々の、彼女にかける期待がどんな性質のものかをよく理解し、ちゃんと要所要所のポイントを押えて彼らに応えているようだった。私は彼女に感心しながらも、そのあまりの要領のよさに、軽い反撥を覚えもした。私と彼女とは時おりいさかいを起こしたが、もし大した理由がなかったとするなら、私の理由は、案外そんな反撥に根ざしたものだったかもしれない。

そうだ、それとも嫉妬だったかもしれない。私は自分の内に、何か人にはない力がひそんでいるのでは、と時に考えないでもなかったが、将来のことを思うと、いつも暗澹《あんたん》たる気分になった。当時の私は、まだこの世界をどう生きたらいいのか、コツというものを知らなかったのだ。そんな私に対し、まだ二十一歳のくせにもうすっかり人生の達人になってしまっているような爽片子に、私は嫉妬を覚えずにはいられなかった。

たとえば——、そう、彼女は白く化粧をし、何百万円もするような衣装を着て国立劇場で踊る。それがすむと化粧を落とし、シャワーを浴び、バイクに跨がって私のアパートにやってきた。そして私の胸に飛び込んでくる。そんな行為を、彼女は誰にも咎《とが》めさせることがなかった。彼女が身を置いている封建的な環境を思うと、これは奇蹟だった。彼女は、それほど強い女だった。

私は彼女をうらやみ、嫉妬し、しかし結局は頼り、必要とし、なにより愛したのだった。

考えてみれば、私たちはずいぶん不安定な関係にあった。いさかいの種は、生活のあらゆるところにひそんでいた。私の爽片子への愛は、それとも憧れは、彼女と自分との落差に、あるいは起因していたかもしれない。私と彼女とは、何から何まであまりに違っていた。家柄も違い、知名度や、得ている立場が天と地ほども違った。思えば、実るはずもない恋だったのだ。

2

三島由紀夫が市ヶ谷《いちや》の自衛隊駐屯地に乱入したあの事件の日、私はちょうど本郷のあたりを、市ヶ谷に向かい、トラックを走らせていた。運送屋のアルバイトをしていたのだ。事件は車のラジオで知った。この時のアナウンサーの、戸惑ったような声を、私はまだはっきりと憶《おぼ》えている。

「本日『楯《たて》の会』と名乗る急進右翼グループのメンバーが、市ヶ谷自衛隊駐屯地に乱入し、一室を占拠しました。そのうちの一人は、自らを三島由紀夫自身であると名乗っています」

当時、文学部の学生だった爽片子と、三島について議論することが多かった。息を呑む思いで、私はラジオを聴いていた。すると、なんとちょうど私が市ヶ谷駅付近にさしかかった頃、三島が自殺をしたというニュースが流れた。

私は仰天した。すぐに車を止め、公衆電話から国立劇場の控え室に電話した。そこで爽片子が、今夜の舞台のための準備をしていたのである。

三島が自衛隊に「楯の会」を率いて乱入し、自決をするという噂は、以前から文学部の学生たちの間でささやかれていた。私は実際にやるかもしれないと言い、爽片子はやらないだろうと言った。やったとしても死ぬことなどはあり得ない。彼の言う死とは、文学からいっさいの手をひくという意味だろう、というのが彼女の意見だった。

しかし三島は実際に死んだ。私がその事実を告げると、彼女は電話口で絶句した。激しいショックを受けた様子だった。私は辛抱強く、彼女が次に口にすべき言葉を思いつくのを待った。ずいぶんして彼女の言った言葉は、

「今夜、私の舞台を是非観て」

だった。

その舞台のことも、私ははっきり憶えている。

「長唄、吉野山」と確かパンフレットには書いてあったと思う。源義経が、兄頼朝の軍に追われて落ちのびる時、離さず連れていた愛人静御前《しずかごぜん》を、弁慶たちにいさめられて泣く泣く吉野山に置いていく、別れの場面を表現したものだった。

貧乏学生の私は、金持ちたちに混じり、居心地の悪い国立劇場の観客席から舞台で舞う爽片子を観た。爽片子の舞台を観るのはこれがはじめてではなかったが、私は彼女をこの時はじめて美しいと感じた。私はむろん彼女の美しい容姿も愛してはいたが、それはむしろ厚い化粧をした舞台の上の晴れ姿より、化粧を落として私の部屋のベッドにいる裸の姿とか、ヘルメットを被ってバイクに跨がっている時のような、ごく普段着の姿をだった。舞台の上での爽片子を、手放しで美しいと感じたのはこれが最初だった。そして、最後でもあった。

その夜、深夜、爽片子は足立区の橋戸《はしど》稲荷《いなり》神社の境内《けいだい》のいちょうの樹で、突然首を吊ったのである。愛用のバイクが、彼女の死の儀式の踏み台になっていた。

この衝撃から立ち直るのに、私はずいぶん時間がかかった。いや、ある意味では十五年後の今も、まだ立ち直れていないかもしれない。まだあまりに多くの謎が、解かれずに残っているからだ。

まず第一に、私の立場というものがよく解らない。私の存在は、彼女を救うほどのものではなかった、そのことだけはむろんはっきりと解る。だが、私の存在そのものが、彼女の死の理由の一部にでもなっているものなのかどうか、それが知りたかった。遺書の類《たぐ》いは何ひとつなかったのだ。

以来私は、ずっと宙ぶらりんの気分のままでいる。爽片子の不可解な死を心に引きずったまま、ここまで生きてきたのだ。

手がかりがひとつだけあった。私の部屋のデスクの上のメモ用紙に、爽片子が「入江長八」、という四文字を走り書きしていた。それが、考えようによっては爽片子の私への唯一の遺書ともとれた。

入江長八——、人の名らしいが、誰のことか、何を意味するものか、私には長く見当がつかなかった。人に訊《き》き、私なりに本を調べたりもしたが、十年以上、これが誰なのか解らずにいた。それがつい最近、ひょんなことから解ったのである。

伊豆半島のロードマップを眺めていて、偶然松崎町に「入江長八美術館」という文字を見つけたのだ。解説によれば、入江長八という人物は伊豆の松崎出身の左官職人で、幕末の頃、江戸で活躍した人だという。漆喰《しっくい》の壁に、左官用の鏝《こて》と筆とを使って、彩色の立体画を描く名人だったという。この芸術は彼が切り拓《ひら》いた独自のもので、彼の没後、まだ並ぶ者は出ていないと説明される。私はあわてて書店を巡り、手に入る限りの入江長八の資料を集めた。

そして私は、ついに大きな手がかりを摑んだ。爽片子が首を吊った足立区の橋戸稲荷神社とは、彼入江長八の作品が現存する、都内わずか二、三箇所のうちのひとつだったのである。ほかは震災などであらかた失われている。

この神社を再び訪ね、私は建物の漆喰の壁に残る長八の作品を観せてもらった。狐のレリーフだったが、それは見事なものだった。

伊豆松崎の長八美術館は、長八の作品を一堂に集め、昭和五十九年の夏に開館したばかりだという。ついこの間である。これは訪ねる必要がある。そう私は即座に思った。

ところが、そうは思いながらも私の松崎訪問は、忙しさに流されて、のびのびになってしまっていた。二カ月三カ月と時がすぎ、いつのまにか年も越してしまった。あれほど愛し、夢中になったのに、十五年という時間は、私の内から少しずつ爽片子のイメージを消しかかっていたのだ。そんな一月、私はあの国立劇場の前で、こともあろうにいるはずもない爽片子の姿を見かけたのである。

しかしオートバイの彼女を見かけたあと、私はすぐに冷静さを取り戻した。考えてみるまでもない。これは幻である。私の精神が、あんなものを見せたのだ。SRXの女性は若かった。二十歳そこそこ、死んだ頃の爽片子の年齢である。だから私の創り出した幻なのだ。爽片子がもし生き延びていたら、今三十六のはずだ。まずこの点からしてあり得ない。

しかし私はこの経験を、死んだ爽片子が私に見せた啓示のように受け取った。やはり私は、あの女から逃れられないと思った。

こうして私は、懸案を実行に移すことを決めた。伊豆松崎の長八美術館を訪ねてみようと決心したのである。

伊豆へのドライヴに、私はMGAを選んだ。現在の私の趣味は、ただ車とバイクだけだ。酒も飲まず、煙草も喫わず、賭けごとの類いもいっさいやらない。五台の車と一台のバイクを乗り廻すのが、私の唯一の気晴らしである。

赤いMGAは、十五年前爽片子が、好きだと言っていた車だった。本気で手に入れることを考えていたようだった。が、果たさずに死んだ。それで私は、ささやかな成功で小金が入った時、真っ先にこれを買ったのだった。

しばらくこれに陽を当てていない。こんどのドライヴには、この車こそふさわしい。

3

一月二十八日の火曜日は、雲ひとつない快晴だった。MGAを走らせ、私は東名を西へ向かった。厚木で東名をおり、小田原厚木道路を行く。この道路はやがて熱海ビーチラインに接続し、すると海に沿って伊豆半島を南下できるからである。

ＭＧＡのエンジンは快調だった。小田原をすぎるあたりから、左手に海がひらける。真鶴《まなづる》道路だ。私はアクセルをゆるめ、眺めを楽しみながら走ることにする。

昔、爽片子と一緒によく海を見に行った。しかしあれは鎌倉や江ノ島や観音崎《かんのんざき》どまりで、伊豆まで来ることはなかった。爽片子が生きていれば、私も多少生活にゆとりができた、もっと余裕をもったつき合いが、今ならできたろう。それとも、彼女と結婚していただろうか。

いや、それは考えられない。私と爽片子とでは、あまりに棲《す》む世界、属する場所が違いすぎる。私が彼女の亭主として、彼女の属する特殊な世界にからめとられ、手のあげさげのひとつにまでうるさく形式を言うような人たちと、来る日も来る日もうんざりするような嘘のつき合いを続けることは、ちょっと考えられない。そんな世界にちんまりと佇んでいる自分のことを思うと、この歳になった今でも、やはり男としての堕落だと感じる。

当時、私たちはうんざりするほどこの議論を繰り返したものだ。繰り返して繰り返して、そうしてお互い深く傷ついた。

私の目には、爽片子の方がずっと冷静にみえた。やけを起こし、安酒をあおるのはいつも私の方だった。

とにかく、とすればやはりああいうつき合いしかなかった、そういうことか。遅かれ早かれ、私と爽片子とでは別れる運命にあった。だから、あんな恋愛のかたちしかなかったのか——。

うん？　と私はこの時はじめて気づくことがあった。十五年もの間、私は不思議にもそんなふうに考えることがなかった。だから、爽片子は死を選んだのか——？

私は自信がなかったのだ。今の私ならともかく、十五年前の私など、どこにでもいる貧乏学生だった。一方、爽片子は名門の家系に生まれ、しかもあの世界で、十年に一度の逸材と言われていた。当時の私には、彼女が自分を愛しているということ自体、信じがたい嘘のように思えたものだ。そんな彼女が、私のために死を選ぶ？　そんな発想を、どうして私に持つことができたろう。

私は道路脇に車を止めた。崖の下の海に、午後の強い陽が照り返していた。オレンジ色のまぶしい陽だまりの中に、貨物船のシルエットがぽつんと浮かんでいる。それを眺めながら私は、記憶の内の爽片子に問いかける。そうなのか？　本当に君はそれで死んだのか？　私と一緒になれなかったから——？

その時だった。私はまたあの女を見たのだ。私のいる崖沿いの国道から、細い道が一本分かれ、ゆるくうねりながら下っている。その突き当たりに、狭い入江と小さな漁港があった。コンクリートの防波堤、そしてコンクリートのスペース。そこに網がひろげられ、干されているが、その隅に小さく、銀色のＳＲＸが停められているのが見えた。そしてその横の防波堤に、ヘルメットを膝に置き、長い髪を潮風になぶらせて腰かけている彼女の姿が、はっきりと見えたのである。

また幻想？　いやこれは違う。彼女だ。水城爽片子。いや、爽片子にそっくりな女。また出逢えた。奇蹟だ！　私は大急ぎでＭＧＡのエンジンをかける。

国道を折れ、ワインディング・ロードを下っていく。コンクリートの広場に出る手前で、道が松林の中に入った。その間だけ、私は視界から彼女の姿を見失う。

さっと再び視界がひらけ、車が海べりに出た。コンクリートの広場はすぐ目の前だった。だが――。

彼女はヘルメットを被り、今バイクに跨がったところだった。左足でスタンドを払い、勢いよく銀色のＳＲＸが走りはじめる。

「君！」

と叫ぶ私の声が、耳に入るはずもなく、彼女は私のすぐ横、ＭＧＡのドアミラーをかすめるようにしてすれ違った。その瞬間、私はヘルメットの中に意志の強そうな爽片子の目を見た。前方をじっと見すえていて、私など目に入ってはいなかった。

「爽片子、君は誰だ⁉」

振り返り、後方を見ていると、ステップの上に、彼女はちょっと立ちあがる。そして非舗装路の凹凸をやりすごし、坂をあがっていく。

私はフルスロットルをかけ、網の干されたコンクリートの広場に走り込んだ。まず右にハンドルを切り、続いて左へいっぱいに切る。タイヤが鳴き、時代ものの貴重な英国車は、可哀相なきしみ音をたててUターンする。彼女を追い、私はワインディング・ロードへ引き返す。国道を目ざして駈けあがっていく。

しかし、もう彼女の姿は見えなかった。私が大あわてで国道に戻った時には、SRXが左右どっちに行ったかが解らなかった。

とにかく私は、下田、松崎方面を目ざし、猛然と走り出した。彼女がこっちへ行ったかどうかは解らない。もしかすると東京方面へ戻ったのかもしれない。だが私には、彼女がこっちへ向かったという、一応以上の自信があった。

伊東市をすぎ、城ヶ崎海岸をすぎ、熱川《あたがわ》温泉もすぎた。だがSRXは影もかたちも見えない。猛烈にとばしているのか、とするならよほど通い馴《な》れている道なのだろう。それともこっちへ来なかったかだ。

白浜海岸をすぎ、下田まで七キロという標識が見えたあたりで、私はとうとうあきらめた。おそらく、彼女はこっちへは来なかったのだ。

下田市街に入ると、私は下田港方面の道路標識にしたがった。真冬というのに、年老いた英国車はオーバーヒート気味だった。少しとばしすぎた。水温計は九十度を越え、信号待ちになるとボンネットからかすかに湯気が出ている。漁船でも眺めながら、少し車を休ませてやろうと思った。

下田港は予想したほど大きな港ではないが、さすがに停泊している漁船の数は多い。洗濯物を船橋に干し、錆《さ》びの色を浮かせた船腹を寄せ合うようにしてゆるく揺れている漁船の群れを見ていると、いつも留まり木に並んで眠っている小鳥を連想する。

私はMGAを岸壁につけ、車をおりて少し歩きだした。自動販売機でコーラを買い、錆びた杭《くい》の上に腰をおろして飲んだ。

その時、背後にバイクのエンジンの音が近づいてきた。振り返る。なんとしたことだろう！　彼女だった。スピードを落とし、私の背後を行きすぎると、私の数メートル先に停まったのである。左足をつき、ヘルメットの頭を右に向けて、じっと漁船の群れを見ている。赤い皮のスタジアム・ジャンパー、赤いジウジアーロのヘルメット、黒いライディングパンツを穿《は》いている。

「爽片子！」

駈けだすより早く、私はそう叫んでしまった。驚いた顔を、彼女はさっとこちらに振り向けた。そしてヘルメットのシールド越しに、彼女はけげんな目で私を見た。十五年ぶりだ。やはり爽片子だ。爽片子が戻ってきた。

私は早足で歩きだし、たちまち駈け足になった。私は怖い顔をしていたのだろうか、そんなつもりはなかったのだが。しかし爽片子のヘルメットの中の目に一瞬怯えたような光が走り、SRXは走りだした。

私はコーラの缶を海に放り棄て、全速力になった。

SRXは、止めているMGAのボディをかすめて走りすぎる。ありがたい。こんどは私の車も同じ方向を向いている。

ドアを開け、シートに滑り込むと同時にセルのスターターを引く。キーはつけたままだったからだ。サイドブレーキをはずし、エンジンの始動と同時にロゥギアをつなぐ。タイヤが鳴き、MGAはダッシュする。この旅では、この骨董品はずいぶんひどい目に遭《あ》うものだ。

SRXは左へ左へと角を曲がって走る。国道に出るつもりらしい。今度は彼女も、まだ私の視界のうちにいる。思った通り、やはり彼女もこっちへ来ていたのだ。

国道に出た。これも左へ折れ、彼女は松崎方面へ向かっていく。どこへ行くのか。まさか彼女も長八美術館へ行くわけでもあるまい。

道はすいていた。だから、どうにか離されずにすんだ。彼女の腕は大したものだった。右に左にワインディング・ロードが続くと、彼女のお尻がコーナーの内側にすっとずれるのが解る。ハングオンをやっている⁉　私は目を疑い、そして感心した。腕もさることながら、ハングオンを決められるということは、そのくらいこのルートのコーナーを知っているということで、やはり彼女は、この道を走り馴れている。

骨董品のエンジンは、断末魔のようなあえぎ声をあげ続ける。ポルシェなら追いつけるだろうが、この車では離されないようにするのが精いっぱいだ。それでもコーナーのたび、少しずつ微妙に距離が開いていく。ヘルメットの下でなびいている彼女の黒い髪が、次第に遠くなる。ポルシェにするんだった、と私は悔やんだ。しかしもう遅い。彼女の赤いジャケットの背は、もう遥か彼方になった。

まずいことに、陽が暮れてきた。前方に夕陽が沈みはじめた。まぶしいその光の中に、彼女の後ろ姿は溶けていく。

駄目だ。そう私は思い、車をいたわるためにアクセルをゆるめた。MGAの、吊り下げ式の小さなアクセルペダルでは、ヒールアンドトゥができない。だが彼女のあのスピードなら、コーナーのたびせいぜいヒールアンドトゥを使い、ポルシェ911で追ったとしても離されたかもしれない。そのくらい、彼女は速かった。

まあいい、もう陽が暮れる。この時刻このあたりにいては、もう今夜中に東京へ帰るつもりは彼女にもあるまい。どこかこのへんのホテルかペンションに泊まるのだろう。明日がある。明日また逢えるかもしれない。そう私は考えた。

下田のペンションに、その夜私は泊まった。窓の外の立ち木の梢に、満月がかかっていた。彼女も、今頃はきっとどこかのペンションにいるだろう。

それからそのペンションの軒先で、この月光を浴びてひと休みしている彼女のSRXを、私は思い浮かべてみた、なんと不思議なこともこの世にはあるものだ、とそう思った。

4

そこから松崎町までは、ごくわずかな距離だった。翌朝私は早めに起きだし、朝露を赤いボディいっぱいに浴びて冷えきっている様子のMGAを、たっぷりアイドリングした。そして、彼女にまた逢えることを祈りながら出発した。

海沿いのマーガレットラインを走り、途中、また鄙《ひな》びた漁港を見つけたのでひと休みした。漁師たちの荷揚げのすぐそばまで行き、獲物を見物した。

セメントの岸壁や、砂利浜に寄せる水が澄んでいるのに驚く。横浜や、鎌倉の海と大変な違いだ。深緑色に沈んだ深みには、小さな魚が群れをなして泳ぐのが覗《のぞ》ける。漁船のエンジンの響きに、さっといっせいに向きを変える。

こうしていると、また彼女が姿を現わすような気が私にはした。彼女も、私とよく似た行動をとっている。漁港を見つけるたびにバイクを停め、船と海を眺めているのだ。この港もいい。空気も水も澄んでいる。漁船の数がたった二隻なのもいい。鷹かとんびか、とにかく大きな野鳥が背後の森からやってきて、水面をかすめて飛ぶ。彼女も、きっとここが気に入るに違いない。

するとはたして、私がMGAを止めている岸壁の対岸に、SRXに跨がった爽片子の姿が現われた。空冷単気筒のエンジン音を入江に響かせ、砂利浜に乗り入れてきた。

急いでMGAに戻り、エンジンをかける。そしてふと顔をあげると、フロントガラス越しに爽片子の姿は消えているのだった。

幻視――――?　対岸には穏やかな波の寄せる砂利浜が、ひっそりとあるばかりだ。

しばらくの放心の後、空しく私は走りだす。道が峠にかかる。峠のいただき。するとガラス張りの展望レストランの窓ぎわに、赤いスタジアム・ジャンパーの爽片子の姿。

急いでMGAを駐車場に乗り入れ、窓に駆け寄ると、やはりそこには誰もいない椅子が、窓ぎわに置かれているばかりだった。

背後に空冷単気筒の音。さっと振り返る。広い駐車場に、バイクはおろか車の影さえない。枯草の群れが風にひと撫《な》でされる乾いた音が、空しく私の耳に届く。

幻視、幻覚、幻聴の連続だった。いったい私はどうしてしまったのか。車に戻りながら考えた。やはり私は、ありもしない影、いもしない女を追ってここまでやってきたのだ。あれは十五年前に死んだ女なのだ。

何故あの女は私の行く先々に姿を現わすのか。偶然が重なりすぎるではないか。自分と同じ趣味をしているから、漁港を見つけるたびにバイクを停める？　だからたびたび逢う？

私は苦笑した。なんとご都合主義的な発想だろう。自分が創りだす幻視だから、私の行く先々に現われるのだ。ただそれだけのことではないか。

MGAをスタートさせ、峠道を下る。すると、すぐに松崎の街である。街に入れば、私は長八美術館の所在を尋ねようと考えていたのだが、その必要はなかった。あっけなく真新しい美術館の前に出た。砂利敷の駐車場に私は車を乗り入れる。

白塗りの、瀟洒《しょうしゃ》な、しかも前衛的な建物だった。階段をあがり、左右の壁のデザインで遠近法が強調され、遥か彼方に見えているふうの入口に向かい、中庭を歩く。実際には、そう遠いわけではない。

館内の造りも、外観に負けず前衛的だった。正面ロビーには、前衛彫刻家の作品のようなベンチが置かれ、二つの展示室の左右の壁は、平行に造られていない。

展示場に入り、私はゆっくりと松崎が生んだ天才左官の作品群を眺めていった。漆喰壁に鏝を使って絵を描く。人物や風景を立体的に盛りあげる。その上に彩色する。誰でも思いつきそうなやり方だ。しかし、あとにも先にもこんな技法で芸術作品を遺《のこ》したのは、この入江長八が唯一人である。

「唐詩春暁の図」、「白衣観音」、そして風景画「二見浦の図」、「秋江帰帆の図」などなど、人の姿のないがらんとした午前中の館内を、私は順を追って展示作品を眺めていった。

いつか橋戸稲荷で観た作品と、作風が共通するそれは作品群だった。見事なものには違いないが、しかし、私の魂を激しく揺さぶるというほどのものでもない。

鑑賞していくにつれ、正直にいえば、私はややがっかりしはじめていた。ここに、十五年前の爽片子の死の謎を解くヒントがあるかもしれないと期待したのだったが、現実はそれほどロマンチックなものではない。さっと真紅の幕があがり、手品師が演じて見せるような劇的な解明など、ここには用意されてはいない。

その時だった。私は実際にあっと低く声を洩らし、立ち尽くした。放心し、自分の目が丸く開くのが解った。私は考え違いをしていた。やはり奇蹟は起こったのだ。

天井の明り採りからの光線のもと、そしてそこにだけ特別に用意された水銀灯の光の中に、爽片子がいた、いた、いた！

「ホーロクの静御前」、と解説カードが壁にピンでとまっていた。十五年前、死の直前、国立劇場の舞台で舞った静御前の扮装のままの爽片子が、その壁の上にいた。鏝絵《こてえ》でなければ、これほどに生々しくはないだろう。額も頬も、首筋の線も、リアルに盛りあがり、一重瞼にみえる切れ長の目は、じっと私を見つめるようだった。その静かな視線が、十五年の間じっとあなたを待っていた、と私に語った。十五年もの長い長い時間私を待ち続け、彼女はすっかり冷静になってしまった。久し振りに私を目の前にしても、喜びも、怨みも、何もないようだった。ただじっと、冷えた目で私を見据えた。

右に左に、どんなに立つ位置を変えようとも、彼女の視線はぴたりと私をとらえて離さなかった。見つめられ、私は狼狽《ろうばい》した。いたたまれぬ気分にとらわれる。君はここにいたのか。だから君は、私の前に何度も幻になって姿を見せ、私をここまで導いたのか。いつまで待っても私がやってこないものだから——。

その時、私は靴音を聞いた。静かに近づいてきて、私の背後で停まるのも解った。やがて若い女の澄んだ声が、ゆっくりと私の名を呼んだ。

しかし私はあまりに呆然としていたため、名を呼ばれてもすぐには振り向けなかった。もう一度、私の名前が呼ばれる。

ゆっくり、ゆっくりと、私は振り返った。その間に、時が十五年もの距離を溯《さかのぼ》っていく。そこに、彼女が立っていた。

爽片子——、私はそう口に出して言ったかもしれない。それとも、そう胸のうちで思っただけかもしれない。

「私、さっきやっと気づいたんです。あなたが、昔姉の言ってた男《ひと》だってこと」

私はまじまじと彼女の顔を見た。一重瞼にみえる切れ長の目、しかし表情が変化するたび、とても大きくなる。奥二重には珍しい大きな瞳。十五年ぶりだ。激情が、私の内で巻き起こる。つむじ風に巻きあげられる裏庭の落ち葉のように、私の感情は乱れる。懐かしいなどという月並な言葉では、とてもこの混乱は表現できない。

「そうなんでしょう？　違うの？」

彼女はもう一度そう訊いてくる。私はゆっくりと頷《うなず》く。しかし彼女と、彼女の発言する言葉が、私には結びつかないのだ。姉だって⁉　意味が解らない——。

「姉？」

「ええ、私は水城爽片子の妹です」

これが解らない。爽片子は一人っ子だった。

「しかし、水城爽片子は一人っ子だったはずだが」

「腹違いなんです」

「腹違い？」

「ええ、私たちの父は、それは奔放《ほんぽう》な人で、姉も、そのことでずいぶん悩んでいたようでした」

「知らなかった」

「でも、だから姉はオートバイに乗れたり、あなたと自由に恋愛したり、できたんだと思うけど」

なるほどそういうことだったのか。知らなかった。私は胸の内でそうつぶやき、もう一度ゆっくりと長八の「静御前」を振り返った。知っているようで、私は爽片子のことを、なにひとつ知ってはいなかった。

「その、ホーロクっていう鉢に造られた静御前の顔、姉はすごく好きだったんです。姉は入江長八のファンだった。だから自分が静御前を舞う時、この作品の通りの衣装を造らせ、同じように化粧をしたんです」

そうか、そういうことか！

「私、ここに来れば姉に逢えるから、毎週来るんです。おととしから、もう何度来たか解らない。どうです？　そっくりでしょう？　当時は子供だったから、私は姉の舞台、よく憶えてはいないんだけど」

妹を振り返った。舞台の爽片子と、化粧を落とした爽片子にはさまれているような、不思議な錯覚に私は陥った。軽い眩暈《めまい》を感じる。

「そっくりです」

私は応えた。しかも、この作品は傑作だ。この美術館の全作品の内でも、一、二のできだ。

「姉は、当時幼稚園児だった私のところへよく遊びにきてくれました。死ぬ直前も、わざわざ私のところへ来て、この本をくれたんです。今まで大切にしてきたけど、これはあなたが持っている方がいいわ」

彼女は、「入江長八」と書かれた、立派な箱入りの本を私に差し出した。受け取り、本を箱から出して表扉を開くと、冒頭に「ホーロクの静御前」のカラー写真があった。そして、それがあまりに小さな字だったから、私はその余白の文字をうっかり見逃すところだった。懐かしい爽片子の筆跡が、こう書いていた。

「これは私のとても好きな作品なの。私にはとても好きな人がいるのよ。とても、とても好きな人なの。でも一緒になれそうもないの。この気持ち、あなたが大きくなればきっと解るわ。私はとっても弱い女、あなたはそうはならないでね。もしも私がいなくなっても、この絵を私だと思って、いつまでも大事にしてね」

衝撃を受け、私は立ち尽くした。本から顔をあげると、壁の静御前が私を見ていた。かすかに、微笑《ほほえ》んだように思った。爽片子を見つめながら、私は十五年昔の罪の味を嚙みしめた。

知らなかった——。私はもう一度つぶやいた。知らないことが多すぎた。

ゆっくりと、背後を振り返る。しかし、そこにはもう誰もいなかった。幻は、去ったのだ。

人けがない冷え冷えとした館内に、午前の陽がひっそりと落ちていた。

ダイエット・コーラ

蓑村八兵衛《みのむらやへえ》は大金持ちだった。自分が発明し、生産した低カロリー飲料、ダイエット・コーラが世界中で大当たりし、五十歳の彼が残る人生をいくら遊び暮らしても遣《つか》いきれない額のお金が入ってきた。世界中には、予想以上に痩《や》せたい人が多かったということであろう。

ところで彼には妙な癖があった。就寝時刻と起床時刻が、毎日一時間ずつずれていくのである。今夜十時に眠り、翌朝七時に起きたとすると、明日夜は十一時にならないと眠れない。そして朝は八時に目が覚めるのである。その次の日は十二時にならなければいくら早く寝床に入っても寝つかれない。そして翌朝は、いくら目覚まし時計を鳴らしても九時にならないと起きられないのであった。

睡眠時間は九時間と判で押したように決まっている。会社を軌道に乗せるまではそんなことも言ってはいられない、ちゃんと人並みに起きていたが、功成り、会長におさまった今、勝手気ままな生活が許されるようになり、この病気が出た。

生来の頑固者のせいか、いくら直そうとしてもこの体質は直らない。それでも夜眠れているうちはよいが、朝九時に寝て夕方六時に起きるなどという時期にさしかかると、さすがに眠りが浅くなり、体調が目に見えて悪くなる。そして情緒不安定となり、ついに胃腸も手術寸前まで壊した。

悩んだ末、蓑村は精神科医に相談に行った。すると医者はこんなことを言った。

「いや会長、それは決して異常なことではないんです。人間の体内時計というものは、どうやら二十五時間らしいんですよ」

どういうことです？　と蓑村は訊《き》いた。

「体内時計とは何です？」

「本能的に一日の時刻を体が知る能力ですよ。たとえば蚊など、真っ暗な箱に入れておいても、必ず夕方六時になると活動を開始する」

「ほう」

「これを人間で実験してみますとね、つまり人間を暗い箱に閉じこめて時計を与えず、好きな時刻に眠り、目覚めさせるということを繰り返させ、あなたと同じように行動することが確かめられています。就寝帯が一時間ずつずれていくんです。

つまり地球の一日は二十四時間なのに、人間の体内時計ではどうやら一日は二十五時間であるらしい。人間はこの地球の環境に、充分適応していないらしいのですな。だからあなたは安心してよいのです。われわれ人類は、いわば不適応者の群れなのですね」

そうは言われても、蓑村の体調は悪くなる一方で、このところ急激に老《ふ》け込んだとみなにも言われる。なんとか日没とともに眠り、日の出とともに目覚めるという健康的な生活は送れないものかと思案した。社員にも懸賞つきでアイデアを募集した。すると集まった内にひとつ、画期的なものがあった。

ひと口でいえばそれは、地球の一日の方を二十五時間にしてしまえばいいではないかという意見である。蓑村はすぐにその社員を会長室に呼んだ。そして、どうやるというのかねと尋ねた。

「ですから会長、日の出から日没までの時間を一時間長くすればよいわけでしょう？」

とその若い社員は問う。蓑村は少し考えてからうなずいた。そういうことである。就寝時間は九時間と決まっているのだから、起きてから眠れるまでの時間が、自分の場合人より一時間長いという理屈である。だから日の出から日没までの時間が一時間延びてくれれば、万事解決という話になる。

「その通りだが、そんな方法があるというのかね？」

「あります」

「カプセルに入って人工太陽とか、そういうのじゃ困るよ。本物の太陽を浴びないと、体に悪いんだ」

「本物の太陽です。つまり会長、一日が二十四時間というのは、地球の自転が二十四時間かかるということです。そうでしょう？　地球は二十四時間かけて一回転するんです」

「そうだね」

蓑村は言った。

「ということはです、三百六十度割る二十四で、一時間につき十五度回る。一時間十五度ずつ回っていき、二十四時間で一自転、そういうことです。だったらですね、人間の方で一日十五度ずつ西へ西へとずれて眠れば、一日は二十五時間になる理屈ですよ、そうでしょう？

説明を解りやすくするため、今夜東経百三十五度の明石市で眠ったとしますね、そうすると目が覚めたら飛行機で十五度西へ移動して、東経百二十度の線上のどこかのホテルへ入るんです。そうすると、日没までの時間が一時間延びますよ」

「なるほど！」

蓑村は膝を打った。

「同じようにその翌朝目が覚めると、今度は東経百五度の地点まで移動する、これを延々と繰り返すわけです」

蓑村はすぐに地球上の十五度おきの地点を調べあげた。できるだけ大きな都市を経線上に探した。

東経百三十五度、明石

百二十度、杭州《ハンチヨウ》（中国）
百五度、プノンペン（カンボジア）
九十度、クールナ（バングラデシュ）
七十五度、スリナガル（インド）
六十度、メシェッド（イラン）
四十五度、モガディシオ（ソマリア）
三十度、アレクサンドリア（エジプト）
十五度、サレルノ（イタリア）
〇度、ロンドン（イギリス）
西経十五度、ブーバ（ギニア・ビサウ）
三十度、トリンダデ島
四十五度、バカバル（ブラジル）
六十度、モラワナ（ガイアナ）
七十五度、フィラデルフィア（アメリカ）
九十度、メンフィス（アメリカ）
百五度、デンバー（アメリカ）
百二十度、サンタバーバラ（アメリカ）

百三十五度、シトラ（アレクサンダー諸島・アメリカ）
百五十度、タヒチ島
百六十五度、ナッソー島（クック諸島・ニュージーランド）
百八十度、タベウニ島
東経百六十五度、ニューカレドニア島
百五十度、ニューブリテン島（パプア・ニューギニア）
百三十五度、明石

蓑村は、ダイエット・コーラで儲けたあり余る財力にものを言わせ、これらの街のうち、飛行場のない場所には飛行場を作らせ、その横に豪華な別荘を建てた。そして小型のジェット機を一機購入すると、妻と二人の永遠の地球周遊の旅に出た。

予想以上に快適だった。毎日毎日飛行機に一時間程度揺られなければならないという点を除けば、このノルマに体が順応してしまうと、まるで嘘のように快適な日々が訪れた。蓑村八兵衛は毎日日没とともに眠り、日の出とともに起きた。飛行場をジョギングし、読書をし、仕事の指示をテレックスで送った。そんな生活を一年も続けると、すっかり体調も回復し、胃腸も治《なお》ってしまった。

五年経つと、妙なことに気づいた。自分が歳をとらないのである。二十四日ごとに日本へ帰り、友人に会うと、彼らは会うごとに老けるのに、自分の年齢はまるで五十歳で止まってしまったように、ちっとも歳をとらないのであった。

この傾向は、妻の方にもっと著しかった。彼女は歳をとらないばかりか、むしろ若返っていくようにさえ見える。何故だと訊くと、彼女が面白いことを言った。自分にはその理由が解るというのである。生理が月一回ずつ、規則正しく来るからだというのだ。

言われてみればなるほどと思う。このやり方をすれば、ひと月が二十八日になるのである。ということは、一生で眠る回数が他人よりうんと少ないはずだ。もし人間、眠る日数というものが一生で何日と決まっているなら、自分らは人より長生きができる理屈になる。ということは、歳をとるスピードが人より遅いのではないか。

妻は言う。

「この地球は昔、きっと自転一回が二十五時間だったのよ。だから私たちの体は、二十五時間用にできてるのよ。ある時きっと、突然二十四時間に回転が早まったんじゃないかと思う。だから私たち、無理やり体を合わせなきゃなんなくて、それで病気になったり、早く老けたりするのよ」

言われてみれば蓑村夫婦は、この生活をするようになって、病気知らずであった。

東京のダイエット・コーラ社は着実に業績を伸ばし、今や世界中の人々が、お茶がわりにダイエット・コーラを飲んでいた。業績は逐一《ちくいち》テレックスで会長のもとに送られていたが、社員はもう会長の顔を見かけることはなくなっていた。それでも別段かまわなかったのである。業績の伸びは着実で、会長の指示を仰ぐ必要など少しもなかったからだ。

ところがある日、大事件が起こった。アメリカと日本の教育委員会が騒ぎはじめ、ついには各国の国会までがとりあげるようになった。それは、ダイエット・コーラの飲みすぎで、人類がひょろひょろと背ばかり高くなったというのである。その傾向は若者に著しく、今や世界中の十代の青年たちは、確かに国籍を問わず、まるでもやしのごとく瘦せてひょろひょろであった。

ダイエット・コーラ社の重役たちは、対策会議に出席してくれるよう、急遽《きゅうきょ》会長にテレックスを打った。そして、十五年ぶりに社員の前に姿を現わすという蓑村会長の専用機を、空港滑走路で待ちうけた。

重役たちの目の前に会長の小型機が停まり、タラップが自動的にするすると降りてくると、ドアが開いた。すると——。

不思議な物体がおりてきた。いや、おりてこようとした。しかし、ドアのところでつかえているのである。ドアが狭くて出られないらしい。ようやく抜けた、と思うとこんどは階段を転げ落ちてきた。巨大なダルマは手足をバタバタさせている。自分では起きられないのだ。重役たちはあわてて駈け寄った。

抱き起こしてみると、それは会長の変わり果てた姿だった。タラップを見あげると、こんどは夫人がドアを抜けようと苦労していた。やがて彼女も、重役たちの横へ転げ落ちてきた。

「なんでこんなに太っちまったのかさっぱり解らん」

蓑村八兵衛は苦しそうに言ったが、重役連についてきていた研究所長が、こうつぶやいた。

「そうか、地球の自転一回を二十五時間にしたんだから、回転速度を遅くした理屈になるな。ということは遠心分離力が減ったということで、それは結果的に地球の引力、すなわち重力が増したということだ。だからこんなに背が低くなり、相撲取りみたいに太っちまった。ま、うちのダイエット・コーラをせいぜい飲んでもらうか」

土の殺意

1

昭和六十二年の五月、警視庁捜査一課殺人班の吉敷竹史《よしきたけし》は、奇妙な殺人事件を担当した。

奇妙といっても、いつかの釧路《くしろ》の事件のように、事件の性格自体が奇怪な様相を呈していたというわけではなく、東京が変わりつつあるという、そんな実感を強く抱かせた事件だったのである。これまで吉敷が経験のある事件とは、少々毛色が違っていた。

五月二十四日深夜、正確には二十五日の早朝、銀座八丁目の路地裏で、一人の老人の絞殺死体が発見された。

霧雨《きりさめ》がそぼ降る早朝、ラーメン屋の軒からの雨だれが、瘦《や》せた銀髪の老人の襟首《えりくび》を叩いているのを、新聞配達の青年が発見した。酔っ払いの浮浪者がそんな状態で眠れるはずもない。死体以外の誰が、雨だれに襟首を叩かせ続けるだろう。

老人の身もとはすぐに確かめられた。磯村精次郎《いそむらせいじろう》、八十四歳。現在はむろん隠居しているが、かつては国土庁に勤める役人だった前歴を持つ。大戦の前後をはさむ時期である。

東京都下、郊外のP市に、七人の子供たちに囲まれて暮らしている。性格は、やや偏屈のきらいはあったが、近所を含め、人づき合いというものをしていなかったので、殺されるほどの怨みをかう可能性はないに等しい。これは家族もそう言うが、近所の人々、あるいは役人時代の知人たちも口を揃える。吉敷自身の目にもそう映った。明らかに殺される理由がない。

加えて、老人のことだから先が長いとは思われない。誰かが彼によほどの怨みを抱いたにせよ、はたして手を下す気になるだろうか。放っておいても早晩死ぬのである。となると可能性は、もの盗りを目的とするケースを含む、行きずりの衝動殺人ということになる。ところが、老人のスーツの内ポケットには、二十八万円あまりの現金入りの財布がそのまま残っていた。これでもの盗りの線も消える。

息子の徳一《とくいち》の証言から、五月二十四日の磯村精次郎の行動の詳細が解った。磯村精次郎と息子の徳一、彼もすでに五十六歳であるが、この二人は午前十一時にP市の自宅を出ると、中央線に乗り、浅草にある台東区民体育館で開かれた映画会を観《み》にいった。

この映画は、終戦直後に作られた「二十年後の東京」と題するPR映画だったそうで、精次郎は終戦当時、戦災復興計画に関係していたことがあり、新聞で映画会が行なわれる旨《むね》の記事を見つけた時、非常に観たがったという。それで散歩と花見を兼ねて、親子で観にいった。

映画会は三時からで、だいたい五時頃にはすんだ。二人は春の宵《よい》の浅草の街をぶらつき、浅草寺などにおまいりしてから神谷バーで食事をして、銀座へ出た。父精次郎は、ほとんど二十年ぶりの銀座だと話していた。

徳一の方も数年ぶりで、せっかくだから銀座で一杯やろうという話になり、息子の徳一が、以前、仕事仲間に連れていかれたことのある八丁目のEというバーへ父を連れていった。

この店は女の子がはべるような、いわゆるクラブではなく、カウンターだけの純然たるバーで、酒の解る常連客が、珍しい酒や好きな酒を、比較的安い料金で飲みにくるという店だった。徳一は現役時代、新橋の二流証券会社に勤務していたので、自分の金で酒を飲むとなると、こういう店か、もしくは赤ちょうちんの類《たぐ》いになった。

磯村精次郎は、飲める口だった。今はやらないが、若い頃は酒豪で鳴らした。それも洋酒が好きで、当時は珍しかったジョニ黒を大量にストックしてよく飲んだ。そう息子の徳一は語る。

十年ほど前、妻を直腸ガンで亡くしてからはぱったり酒をやめていたが、この日は久し振りに飲んだ。ところがこのEで、父は客との間で口論をしたというのである。Eのカウンターで、父精次郎が、地上げ屋と偶然隣り合わせた。そう徳一は証言する。精次郎の左隣りに徳一がかけ、右隣りに地上げ屋がいた。このことはカウンターの中にいたバーテンも、サーヴィスの女性も認めている。

地上げ屋は、名を大野といった。背は高くないが、やや小肥りの、恰幅のよいと表現してもよいような体つきで、その夜、大そうな羽振りだった。

バーテンの話でははじめての客だというが、入ってきて席へ着くなり、この店で一番いい酒は何だ？　と横柄《おうへい》に言ったという。

一番いい酒といわれても困った、とバーテン氏は言う。高級な酒、珍しい酒というものは、決して値段でははかれない。安くても、めったに日本に入ってこない、貴重で味のよい酒もある。しかし、大野の見るからに労務者ふうの物腰からして、値段の高い酒という意味だろうと考え、コニャック・ハインの陶製の金色の瓶を示した。

いくらだと訊《き》くから二十五万と答えたら、よしそれを開けてくれと言う。開けて出したら、大野は、まるでコップ酒かビールでもあおるようにして飲んだという。その様子は、本当に酒の解る酒飲みを自任する者には、あまり気分のよい眺めではなかったろう、そうバーテン氏は言う。

「コニャックの上物となるとね、グラスごと両手ではさんで暖め、たち昇る香りも一緒に楽しむという飲み方をするもんですがねえ」

彼はそう語る。

おまけに大野は、カウンターの中の女性をつかまえ、手招きをすると、君はたいそう美人だ、ご褒美にチップをあげようと言い出し、ポケットから一万円札を出し、彼女に握らせた。その一万円札が一枚や二枚ではない。束になっていた。最低二十枚はあったのではないかという。

女性が断わると、俺はこんなはした金はどうでもいいんだ、俺は三日で五千万稼いでしまった、そんなことを言った。それから今話題の汐留《しおどめ》操車場の話などをバーテン相手に始めた。女性がチップを受け取らなかったら、大野はその薄い札束をカウンターの上に無造作に置きっ放しにしていた。

確かに目にあまる光景であったろう。大野は店に入ってきた時すでにかなり酔っており、二十五万のコニャックをがぶ飲みするにつれ、ますます態度が横柄になった。仕草にも粗暴なところが現われ、つまみの皿をひっくり返したり、意味もなく、まるで周囲を威嚇《いかく》するようにスツールをがたつかせたりした。すっかり天下を制したという風情で、少なくとも本人はそのつもりでいるらしかった。

それを見かねた磯村精次郎が横から二言三言声をかけ、言い合いのようなかたちになった。十分くらいあれこれ喋《しゃべ》っていたが、大野が急に静かになった。それでバーテン氏は、これはまずいな、と思ったという。つまり地上げ屋の怒りが本物になり、陰にこもったと、そう感じたのだ。

磯村も久し振りの酒でかなり酔っていたので、一人でいくらでも喋った。さすがにもと国土庁のお役人で、知識があり、主張も持っていた。地上げ屋がやりこめられたような格好になり、気まずく沈黙した。それまでがあまりに賑やかだったので、その落差は、妙に殺気だったものに感じられた。大野がいつ怒鳴りださないかと周囲ははらはらした。実際大野がいつ殴りかかってても不思議はないように思われた。

特に気をもんだのが、反対側の隣席にいた徳一だったろう。それまでにも大野は、関東系の暴力団と親しいような話をしていたので、もう電車がなくなると言って、何度も老いた父を連れ帰ろうとしていた。しかし頑固な父親は、まだ九時すぎだ、などと言って息子の手を振り払い続けた。たまの銀座だ、今夜はタクシーで帰ってもよい、とも言った。

馬鹿なことを言わないでくれ、と息子は反論した。ここからP市までは遠い、タクシーならいくらかかるか知れたものではない。しかし父親は、五万もあれば釣りがくる、と言った。精次郎は普段から、言いだしたらきかないところがあったらしい。

それで息子の徳一は、地上げ屋より先に腹をたてた。ついと立ちあがってトイレに歩き、帰ってきてもう一度父親を誘い、父親が言うことをきかないのでコート掛けから自分のコートをはずし、さっさと先に帰ってしまった。

父親の方はそれからも地上げ屋に向かって三十分も説教を続け、得心がいくまで喋ると、一人で帰っていった。地上げ屋は最後まで不気味な沈黙を続けていたが、精次郎が料金を払って店を出ていくと、すぐ跡を追うようにして金を払い、出ていった。

「よほど跡をついていこうかと思った」

そうバーテン氏は語る。夜道で追いすがり、腹いせに地上げ屋がポカリとやるつもりに見えたと言う。彼の心配は的中し、翌朝磯村精次郎はEのすぐ裏、距離にして五十メートルもない、幅わずか一メートル強の裏小路で、絞殺死体となって発見されるのである。

2

磯村精次郎の死体の死亡推定時刻は午後十時前後、これは彼がEを出た時刻とほぼ一致する。店を出た直後、彼は首を絞められて殺されている。

時間はつじつまが合うとしても、死体にはいくつか首をかしげさせる要素がある。傘を持っていないのは、雨が降りだしたのが午前三時頃なので問題ないにしても、何故こんな路地裏に入り込んだのか。その裏小路は銀座によくある、幅一メートルと少しばかりの、地元に土地勘のある人間か、ラーメン屋に入ろうとする者しか入り込む気にはなれないような、昼でも暗い道である。

いや、道という言い方も適当ではない。ビルとビルの間にたまたまできたすき間で、入口に立つと、はたして向こう側に抜けているのだろうかと不安になる。途中にラーメン屋があるから、これを案内する小さな看板は出ている。だからよけい行き止まりではないかという気にさせる。

しかもこの夜、ラーメン屋は休んでいた。銀座に二十年ぶりの老人が、何故こんな怪しげな裏小路に踏み込む気になったのか。

地上げ屋に力ずくで連れ込まれたのか。それなら抵抗の上、大声のひとつもあげるはずではないか。しかし聞き込みを続けても、五月二十四日深夜、それらしい大声や、言い争いの類いを目撃した者は出ない。

さらにこの裏小路の方向である。この抜け道は、コリドー街と呼ばれる商店街へ首尾よく抜ける近道にはなっている。地もとの人間はよく利用する。しかし、この道は電車に乗ろうとする者には近道でもなんでもない。新橋駅にも有楽町駅にも見当違いの方角である。こんな道を歩いては、まるっきりの遠廻りとなる。

ではタクシーに乗ろうとしていたのか。ところがそれこそが遠廻りなのである。タクシー乗り場はEのあるビルが面した電通通りに沿っていくつか存在する。その裏小路は、電通通りに背を向け、遠ざかる方向になる。

老人の行動は不可解である。二十年ぶりの銀座、それに加えて久し振りの酒で迷ったのか。それにしてもそんな暗がりに自分から踏み込むというのは解《げ》せない。小用か。しかし解剖の結果、膀胱は空《から》だった。

息子の徳一の話では、父は老人ボケもなく、几帳面な性格で日頃の行動もしっかりしており、少々酒に酔っても道をふらふら徘徊するようなことはこれまで一度もなかったという。それで安心して自分は先に帰宅してきてしまったと語る。たとえ終電を逃がす時刻になったにしても、タクシーで帰宅するくらいの金は充分に持っていた。

いずれにしても地上げ屋の大野だ。状況からすれば、この男が当然疑われてしかるべきである。こいつを洗い出し、あたってからだ、そう吉敷は考えた。

大野の人相書と体形、あるいはもの腰、これらを書いた上に、五月二十四日、銀座のバーEで午後七時から十時頃まで店一番の酒を飲んだ者、とそういったふれ込みで都下の不動産関連会社に手配がかけられた。

もっともこの時点で大野という名はまだ判明していなかったので、この手配がいささか心もとないものになったことは事実である。しかし、地上げ屋大野の洗い出しは、吉敷の予想の十倍も難航した。

それというのも、東京の地上げ屋の数が、沸騰するというほどに増えていたからである。大手の不動産業者から、中小の不動産関連会社は言うに及ばず、日本中のあらゆる大小の企業が、不動産部を持って土地投機に狂奔していた。

これら大手企業のトンネル会社、ダミー会社として雨後のタケノコのように現われている小さな会社群は、膨大な数にのぼる。これらは、金儲けに乗り遅れてはならじと街の金融業者から不動産業に転職した者や、濡れ手に粟のアルバイトに、急いで首を突っ込んできた暴力団関係者等である。

彼ら底辺の者は、スーツを着込んでやってきて気軽に土地を買い、汗ひとつ流さずそれを他へ転がすというような綺麗な仕事をやるわけではない。そういう上層のエリートたちが彼らに要求する、汚い仕事を請け負うわけで、それが何かといえば、たとえば「追い出し屋」である。

大手企業不動産部が、商店街の地主と底地売買契約を成立させたにしても、その土地に居住する小住宅、商店、アパートの居住者たちは、法律によって認められている居住権や営業権、借地権などを楯にとり、容易には転居してくれない。ここをチャンスとばかりに、ゴネ得を狙ってくる。

しかし土地を買い取った側としては、いつまでものんびり住人の立ち退きを待っているわけにはいかない。というのも、大手企業は税金対策として土地を買うのである。

だから収支を赤字にして金融機関から何十億という金を借り入れ、土地を買っている。限られた期間内に土地を更地《さらち》に戻し、転売しなければ儲けが出ないどころか、倒産の危険さえ出てくる。

長びけば金利がかさむ。また思惑でついているべらぼうな土地の値段だから、いずれ暴落し、誰かがババを摑《つか》む恐怖は常に存在している。素早くことを運ばなければならない。数十億の土地となれば、一割値が上がっただけでも大変な儲けである。しかもこういうことは、現在ほんの数日単位で起こる。

したがって彼らは常に焦っている。タイムリミットが存在するのであるから、住人の追い出し工作が難航するという時、最後の手段として追い出し屋を放つことがある。それが先の暴力団のアルバイトである。

彼らは、住人に無理やり契約書に印を押させ、期限がくれば家具を路上に運び出すくらいのことはやる。さらには立ち退かない食料品店の食品が腐っていたとデマを近所に流したり、老朽化した家屋の裏板に軽放火をし、漏電に見せかけて危険意識をあおり、消防署員を動かしたりもする。まさにあの手この手を動員し、手段を選ばない。こういう汚れた仕事を請け負う手合いが、土地高騰による投機ブームの末端部に、切実に必要とされる。

こういう手合いは、当然ながら堅気の者であるはずもない。シャブの売人より儲かるといって関西から流れ込んでくる暴力団員であったりするから、大金を摑めば、一夜にして姿をくらます者が大半である。

大野がその手合いなら、もう東京にはいないかもしれなかった。彼がもし追い出し屋なら、脅迫や放火、家屋破壊や家屋乱入などの犯罪行為を日常としているわけで、そこに一件老人殺害が加わっても、逃亡流浪の彼の生活が変化するわけではない。

事実、大野を見つけだすまで五カ月がかかってしまった。それも彼自身の失策によるもので、それがなければもっと長びいたろう。大阪で傷害事件を引き起こし、思いがけず大野は曾根崎署に逮捕されたのである。そこで五月に手配書が廻っている銀座八丁目殺人事件と特徴が合致することから追及され、去る五月二十四日夜、東京銀座のバーEで、高級コニャック・ハインを飲み、磯村精次郎と口論したことを認めた。身柄はただちに一課の吉敷のもとに送られた。

3

大野唯久《ただひさ》と名が解ったのもようやくこの時だった。相棒の小谷とともに桜田門の取調室で向き合った大野は、吉敷にはずいぶん予想と違って感じられた。

丸顔で恰幅がよい。目は大きい方で、髭剃り跡が濃い。頭頂部はやや薄くなっており、白髪も目立つ。その髪を後方へぴったりと撫でつけている。額や口の左右にしわが目だつ。

そんな顔を落ちつきなく上下左右に動かし、大きな目で、おどおどとこちらの顔色をうかがった。まさしく捕えられた小動物を連想させた。取調室に連れ込まれたすねに傷を持つ者はだいたいこんなふうではあるが、吉敷は多少なりとも堂々とした、腰のすわった男を想像していた。Eの従業員や磯村徳一の話と比較すると、実際に目の前にいる大野は、まるで印象が違った。

「五月二十四日、銀座八丁目のバーEで、一本二十五万もするコニャックを飲んだそうだな？」

小谷が訊いた。もういっさいしらを切るつもりはないらしく、大野は黙ってうなずいた。

「そこでたまたま居合わせた、磯村精次郎という名の老人と、口論になった、そうだな？」

「はい」

言って、またうなずく。

「おまえたちの様子は、その場にいた大勢の人間が見ているし、聞いてる。その時、おまえは酔ってたんだろう？」

うなずく。

「だから、地上げ屋の仕事に対して説教がましいことを言われて腹をたてた。息子に置いてきぼりを食って一人になった老人が、料金を払って店を出ていくのを追っていき、Eのすぐ裏手の暗い路地に連れ込んで、背後から首を絞め、殺した……」

「じょ、冗談じゃない！」

小谷の言に、大野が反射的に大声をたてた。

「冗談じゃないですよ！　なんで俺がそんなことするんです⁉」

大野の声は悲鳴のようになった。

「刑事さん、無茶苦茶言わんで下さい。人殺しだってんですか？　俺が。なんでそんなことしなきゃならんのですか。何か証拠でもあるんですか？」

「おい、いい加減なことは言うなよ」

大野の背後に廻った小谷がすごんだ。

「確かにそうだと言いきれるのか？」

「言い切れるもなにも、じゃ刑事さん方はそう言いきれるんですか」

右に左に首を回しながら、大野は言いつのる。

「なにぃ⁉」

「じゃなんで俺が殺すんですか。どんな理由があるんです？」

「だから腹が立って殺したんだよ、カッときてな、そう言ってんだ、こっちは」

「そんな馬鹿な！　腹が立ったくらいで人を一人殺すってんですか？」

「おまえな、そんなご大層な口がきけた義理か。戎橋《えびす》筋じゃ、カッとしてクラブの女を殴ったんだろう！」

男はぐっと言葉に詰まる。

「でも、しかし、殺すとなると別ですよ。そりゃ俺が短気なのは認めるが、でもまさか人までは殺しませんよ」

「だがな」

吉敷が口を開く。

「それまで大騒ぎしていたおまえが、老人に意見されて、死ぬほど頭にきて急に黙り込んだのを大勢の人が見てるんだぞ」

「えっ？」

男がまた言葉を停《と》める。

「ありゃなんで黙ったんだ。死ぬほど頭にきたんじゃないのか」

「違う！　違いますよ！」

「何が違うんだ⁉　ほかに理由があったってのか！」

小谷が叫ぶ。

「そりゃ、だから……、ありましたよ」

「何だ」

男は下を向き、黙り込む。

「何だってんだ、ほかに理由があるってんだったら言ってみろ！」

小谷がまたすごむ。

「ですから……」

男は悩んでいるらしい。

「理由があったんですよ」

「だからそりゃ何だ⁉」

「つまり……、じゃ申しあげますが、私らは、ご承知の通りの仕事をしております。いや、むろん法に触れるようなことはいっさいやっちゃおりません。が、誤解される種類の仕事であることは確かです。ですのでね、時として自分を防衛するために、いろんな方策を講じることがあります」

吉敷は、男がいったい何を言いだすつもりであるのかはかりかねた。それで、じっと沈黙して待った。

「私が黙った理由というのもそれなんです」

「あとで殺すつもりだから、不利な材料を作っておきたくなかったんじゃないのか?」

「そうじゃない、そんなんじゃないですよ!」

「じゃなんなんだよ、だから」

「ですから、カセットなんですよ」

「カセット⁉」

「ええ、マイクロカセットです。こいつをその時たまたま胸ポケットに入れてたもんでね、自分の身に何かまずいことが起こった時の防衛手段にと思って、なんとなく録音ボタンを押したんですよ」

「録音ボタンを押した? つまり、磯村精次郎との会話を録音したのか?」

「そうです」

「なんでそれを早く言わないんだ」

「また怪しげなことをやったと思われるのがおちですから」

「それでおまえ黙ったというわけか」

「はあそうです。自分の声があんまり入ると、あとで聞く時嫌《いや》ですから」

「そのテープ、まだあるか?」

「あります」

4

「あんたね、この狭い日本列島のうち、人間の住めるところがどのくらいあるか、知ってますか？　人の住めそうな場所は、この国土のうちのせいぜい一七・四パーセントというところだよ。そのうち、産業用地が〇・四パーセント、住宅用の土地が二・五パーセント、牧畜および農業用地が一四・五パーセント。これらは地球上の全地表のうちの〇・〇〇一パーセントにすぎない。そんなけし粒のような場所で、われわれ日本人は世界経済の一三～一四パーセントをまかなうまでになっている。こりゃ大したもんです。

その日本のうちの、東京が占める割合は、こりゃものすごいもんだ。今日本は、四十年前の焼け跡から復興して、世界一、二の大国にまで昇ってきた。こりゃ大変なことだ。私らは昔、夢にも考えませんでしたよ。日本は大儲けした。国内はいわゆる金《かね》あまり、金があまっているんだ。だからこの金を利用し、日本は、特に日本の顔たる東京は、世界に出して恥ずかしくない近代都市に生まれ変わらなくてはなりません。今ならできるんだ。国内にあまっている金を使い、近代的な街造りができる。経済企画庁の試算によれば、千八百兆円もかければ、日本中の都市は二十一世紀に雄飛できる立派な街造りというものが可能なんだ。

だが日本中とは私は言わん。せめてまず東京だけでも改造し、手を加え、日本中に手本を示したい。今がチャンスなんだからね。だが、日本人にはまだそういう意識がまったくない。これは全然、見事なくらいにない。自分の懐《ふところ》を肥《こ》やすことだけ一心不乱に考えている。欲ボケだ。自分らの街の美観のことなんぞ、本当にこれっぽっちも考えてみたことがない。それが日本人だ。私がこう言ってもあんたはポカンとするだけだろう。それが今の日本人なんだよ。

だがそれでも最近、東京の街並について、ぼちぼち語られるようにはなってきた。だが私に言わせりゃみんな下らん自己弁護だ。自分の、どうにも救いようのない不肖《ふしょう》の息子をかばってあれこれ言っている親馬鹿のようなものだ。いわくね、東京の雑然混沌には隠れた秩序がある、鴨長明《かものちょうめい》の『方丈記』とか、兼好法師の『徒然草』の系統をひくものだ……、なあにを言っておるんだろうと思うんです。あんた、東京を歩いたことあるだろう？　歩道の敷石の上に、あんなにゲロの吐かれている都市は世界中にないよ。そんなこと言ってたら、あれも『徒然草』の伝統をひく、隠れた秩序ということになるのかな。

そんなその場しのぎをやってちゃ駄目なんだ。いたらないところはいたらないと、しっかり叱らなきゃ。しっかり叱って、直さなきゃ。いつまでたっても同んなじだ。

ちっとも変わっていかないよ。

東京には近代都市として、明らかに足らないところがある。息子が学校に遅刻しないで行くとか、きちんと制服を着るとか、そういった類《たぐ》いの、どこの息子もやっているのに、わが子だけがまだできずにいる、そういう種類の欠点です。即座に正すべき欠陥だ。

そりゃあね、ひとつには電信柱です。あんなもの、なんの意味もない、単なる街の欠陥です。貧しさゆえの欠陥だ。それでなくても東京の道は狭い。あんなものがあるから道を車がスムーズに擦れ違えない、歩行者も自転車も電信柱のところで立ち停まらされる、危険だ。街の景観は当然損なうし、地震が来たらブロック塀と先を争って倒れる。空中を目いっぱい電線が走っているから、正月に子供がタコ揚げもできない。いいところはひとつもない。

田んぼの真ん中じゃあるまいし、都市部では銅線は当然地下に埋めなきゃならない。こりゃ都市の身だしなみだよ。ユニフォームだよ。ロンドン、パリ、ニューヨーク、どこにも電信柱なんてありゃしない。あれは田舎の象徴です。やがてくる光ファイバーの時代のためにも、地下埋設ということを早急に考える必要がある。

もうひとつはブロック塀、これも日本だけだ。あんなもののおかげで、日本人にゃ『散歩』という言葉が死語になってしまった。パリの若者なんてあんた、趣味の第二位に『散歩』がランクされてますよ。だが日本人の今の若者に『散歩』なんて言ってごらんなさい、そりゃ何だ？　って言いますよ。街が綺麗じゃないからですよ。それまだまだある。歩道の不整備、歩道橋、看板とアンドンの下品なまでの氾濫。それを許してしまう、建築自体の魅力の乏しさ。

だがなんといっても交通機関だ。道路の整備、私鉄の整備、こういう問題こそ真っ先に問われるべきだ。しかるに、環状二号線、この幹線道路が完成したら、車の流通がかなり緩和されることがはっきりしているにも拘らず、現在虎ノ門・新橋間で工事がストップしている。再開のメドはたたない、土地の値段が高騰したからだ。一メートル道路を進めるのに、用地の買収費用が三億円以上かかる。道路製作費の、今や九九・七パーセントが土地の買収費用になってしまっている。これじゃ道なんてできないよ。

東京都の都市計画道路は、昭和二十一年、戦後の復興計画の中で策定された。しかし四十年が経過した今、その達成率たるやたったの五二パーセントにすぎない。まるで貧乏な国みたいじゃないか、ええ？　ところが現実はまったく逆だ、金がありあまりすぎているからかえって街造りができないんだ。こんな馬鹿な話はない。何故か？　儲かり、ありあまった金が、まったく馬鹿げた、見当違いの方角へ流れていくからだ。ひどい大間違いを、日本人は今繰り返している。自分で自分の首を絞めているんだ。

滑稽この上ない。

　小田急線もそうだ。今やこの私鉄は、もうラッシュ時の乗客をまかないきれなくなっている。朝の平均混雑率は二〇八パーセント、二分おきの過密ダイヤを組んでも、とてもじゃないが追っつかない。もうこの線がパンクするのは時間の問題だ。どうすればいいか、複々線化することだ。ところがこの複々線化のための用地買収が、不可能に近いほど難航している。土地が計算をはるかに上廻って高騰したからだ。この電車沿線の土地は、今年一年でなんと倍にハネ上がった。馬鹿な話だ。

　何故こんなおかしなことが起こるのか。日本人は一生懸命働いて、どんどん自分の住環境を貧しく、住みにくくしていっている。働けば働くほど、日本が金持ちになればなるほど、当の日本人はますます自分の家が持てない状況に追い込まれていく。土地が天井知らずに値上がりしていき、とてもではないが買える状態ではなくなっていくからだ。自分が懸命に働き、彼の属する企業の金庫が金でいっぱいになっていくと、その金が土地の値を上げる方向に働くのだ。間違っているとは思わんかね？

　今金融機関が不動産関連会社に融資している金額を知っていますか？　三十兆三千億円ですよ。自動車産業や、電気機械産業、あるいは化学業界、これらかつては花形といわれた業界へはそれぞれ五兆円と少しずつ、全然ケタはずれのトップだ。三十兆三千億円という金はあんた、国家予算の半分以上だよ。金あまりの金が、脇目もふらず、大量に不動産に流れ込んでるんだ。これじゃ土地はいくらでも上がるよ、あたりまえだ。そういうことを、あんたらこの土地高騰の張本人は、少しは考えたことあるのかね？　え？

土地値上がりのメカニズムくらいはあんたも知ってるだろう？　考えたことがあるだろう？　日本は金持ちになった。金あまりだ。だが、どこにあまっているかと言や、それは企業の金庫と、金融機関だ。彼らはこの金を運用する必要がある。銀行は融資をしたがり、企業は確実な買物をしたがるのだ。でないと税金に持っていかれちまって、元も子もない。ところで日本というおかしな国には、一度買えば絶対に損をすることのない、確実な商品がある。それは土地だ。日本には、土地は絶対に値が下がらないという神話がある。だから日本人はみな、少し金ができたら土地に変えておく。東南アジアの人間が金《きん》の延べ板を買うようにだ。つまりこの国は金本位制ならぬ、土地本位制というわけじゃね。

だから土地さえ持っていれば、銀行はいくらでも金を貸す。今は金あまりだから、過剰融資もいいところだ。いくらでも湯水のように金を出す。担保の土地もどんどん上がるから、絶対損をする心配がない。

企業は持てる土地を担保に、過剰な融資を受ける。収益を赤にでもしておけば税金を逃れられる。その過剰な融資金でさらに土地を買うわけだが、銀行がいくらでも貸してくれるのだから、どんな馬鹿高い値段でも買える。利益が一割でも二割でも出れば、それをすぐ転売する。いくら高い値をつけても買い手はすぐに現われる。土地さえ持っていれば、銀行からいくらでも金を借りられるからだ。

金というやつは魔物で、動くことを要求する。土地はどんどん転がり、こうして雪ダルマ式に天井知らずの値段がついていく。企業は長寿だ。死ぬことはない。したがって、相続税の心配もない。

だから、一番馬鹿をみるのはわれわれ庶民だ。馬鹿高い相続税を払わされる。土地の値が上がれば相続税も天井知らずだ。おかげで私は今七人の子持ちだ。すべてあんたらの大活躍のおかげじゃよ。老後の不安どころじゃない、死後の不安だよ、私らは。私はP市に先祖代々の土地を約二百坪ばかり持っているが、相続税の今年の試算がなんとあんた、一億五千四百万円だよ。去年の倍になったよ。とってもじゃないが払いきれるもんじゃない。それで子だくさんになっちゃったよ。大迷惑な話だよ。大変迷惑しているよ。ちっとは考えてもらわなくっちゃ。

あんたついさっき、そこの、汐留貨物駅跡地払い下げの話をしてたけど、あの旧国鉄用地が、あんたらのおかげで坪一億と噂されてるね、まったくお笑いだね。できるだけ高値で売って、少しでも旧国鉄の赤字を穴埋めしようとしているわけだからね。こりゃ国民一人一人のありようと同んなじだよ。土地高騰は困ったもんだと言いながらね、いざ自分が土地を売る段になると十円でも高く売れた方がいいというね、庶民エゴの姿とまったく同じ。総論賛成、各論反対のジレンマ、国民に指導的立場にあるべき国有鉄道からしてこのありさまだ。なんとも根の深い問題と言うべきだね。汐留貨物駅跡が坪一億になったんじゃ、周辺の土地も同様に値がハネ上がるからね、住民は固定資産税が払えなくなって夜逃げだよ。そうすると寺も神社もなくなる。成り立たなくなるからね。学校も閉鎖だよ。いきなりまたひとつ、ゴーストタウンの出現だよ。淋しいじゃないかね、え？

あんた、西ドイツのゲレオン貨物駅跡地の話は知ってるでしょう？　知らない？　不勉強だね、いやしくもあんた方は、土地問題のプロだろう？

西ドイツ、ケルン市にね、ちょうど汐留と同じように貨物駅跡地が払い下げになったんだよ。偶然にも広さは汐留と同じ二十二ヘクタール、ところがこの土地は坪四万円におさえられてるんだよ。それもね、オフィス用地が四万円、住宅用地なら高さ制限があるから二万円、公園用地なら坪四百円という安さ。

こりゃ自治体が強いからさ。国鉄といえども、自治体の主張する公共利益優先の考え方にはしたがわざるを得ない。だから不動産業者も、ここを商売に利用しようとはしない。手を出さないいんだ。国鉄は、実質的にはケルン市に売るしかないんだよ。

日本じゃね、国民一人一人の主張ってのはまったくないがしろにされてるんだよ。

市民で議論を盛りあげてね、自治体全体でコンセンサスを作りあげるなんてことは、まあ実際のところ日本人は苦手なんだろうな。民主主義の伝統がないからな。お上の押しつけにへえへえとしたがうふりをしつつ、姑息に自分一人得をすればいいというふうに動く癖が、何百年何千年にもわたって染みついているからねえ。

だから日本じゃ、首相ひとつ国民は選べない仕掛けになってる。バカ扱いなんだよ国民は。土地高騰の問題処理を一任し、もし失敗したらその政党を選挙で倒すなんてことも国民はやらない。目先の安定を求めるからね。だから日本の政治家は無能でかまわんのさ、国民から隔離されているんだからね。いい加減なこともやり放題だ。自分らがいい加減なことをやるために、今の政治機構を作ったんだからな。

みんなが自分さえよきゃいいというやつだ。政治機構がどうだろうと、街がどうなっていようと、知ったことじゃない。自分さえ自由になる土地が持てりゃいいってわけさ。そして持った土地は、どう使おうがてめえの勝手。個人も企業もそういう調子だ。そしてこれが侵されそうになった時だけ猛然と反撥する。町内が寄り集まって議論をする。お互い損だけは絶対しないようにというわけさ。

悪平等だ。自由や民主主義のはき違えだよ。日本人はどっちかなんだ。お上にぺこぺこへつらうか、土地所有の自由が与えられたら、今度はもう都市全体の機能がどうのなんて知っちゃいない。道路が作られなかろうが、公園ができなかろうが全然おかまいなし。自分の土地さえ確保できりゃいいって調子だ。それで自分の猫の額ほどの土地をブロック塀で囲って、上にガラスの破片を並べたりする。街全体の景観もなにも知っちゃいない。自分さえよきゃいいんだ。あんたらと同じだよ。だからわれわれも、地上げ屋ばっかりも責められない。自分も似たようなもんだからな。自分だけ金が儲かりゃいいんだ。街の美しさなんてね、考えてもいないよ、今の日本人は。発想さえないと断言していいね。悲しいことだよ。あんたもそう思うだろう?

だがねえ、あれこれ言ったけど、これはね、自分のことも含めて歯がゆいからなんだ。自分の反省をしてるんだよ。

私はね、終戦直後、国土庁にいたんだよ。おりしもマッカーサー統治時代でね、新憲法を作ろうという話になった。そこで幣原《しではら》内閣の憲法問題調査委員会で原案を作ったんだが、マッカーサーの総司令部はこれを極端に保守的と判断した。それで、みずから憲法草案を作ることにしたんだ。

昭和二十一年の二月十三日、渋谷区松濤《しょうとう》町の外務大臣官邸に、ホイットニー准将が持ってきて見せたものが、現在の日本国憲法のヒナ型になっているわけだが、この時の原型から、だいぶ削られた条文がある。そのひとつが『一院制の採用』であり、もうひとつが『土地は国家に帰属する』という条文なんだ。

マッカーサー憲法草案第二十八条に、『土地及一切ノ天然資源ノ究極的所有権ハ人民ノ集団的代表者トシテノ国家ニ帰属ス』という一文があった。こりゃまあ、今思えば当然といえば当然のことさね。ところが当時、われわれはこの一文に猛然と反撥した。時の松本国務大臣などはね、この精神は共産主義を認めるものだという猛反論をぶって、とうとう削除させた。これは私らも結局協力した。当時は、日本が今みたいに金持ちになるなんて夢にも思わんからね、ただやみくもに反対した。せっかく民主主義の時代になったのに、またお上から、おい、土地を出せ、なんてこと言われたらたまらんと思ったんだよ。

でもその一方じゃ、われわれは『二十年後の東京』なんてえPR映画も作っていた。二十五分少々の映画なんだけどね、まず焼け跡の絵を映してさ、『この焼け野原が、理想の都市計画には絶好のチャンス』とやった。

イギリスのグレイター・ロンドン計画を参考にしてね、工業地域、商業地域、住居地域をきちんと設定、八本の環状道路と十九本の放射道路を引き、環状に緑の帯も設定した、理想の青写真を引いたんだ。

私は今日、久し振りにその映画を浅草で観てきた。アナウンサーがこう言っておったよ。

『あらゆる困難を乗り越えてやらねばなりません、個人私有地は八四パーセントにのぼっております。たとえ猫の額ほどの土地でも決して手放そうとはしません。土地所有者たちが私利を離れ、公共の利益に目覚めてくれること。古いいっさいが灰になったということは、革新のための向上権が与えられていることでもあるのです』

しかし、この理想の都市計画のための千載一遇のチャンスは見事に挫折だよ。私権の壁の厚さと、住民の猛反対に遭《あ》ってね。当然だ。自分はマッカーサー草案に反対しておいて、他人には土地を戻せったってね、そうはいかんよね。だが二十八条といい、この都市計画といいね、やっておくべきだったたな。今となっちゃそう思うよ」

5

このあと、もと国土庁の退職役人はEを出ていき、路地裏で殺されるのだが、こうして聞いてみると、地上げ屋への攻撃というより、個人的な嘆息という趣きがより強い。きちんと聞いてみると、地上げ屋の大野に、特に反感を買うという種類のものでもないらしく思える。

それに、事実大野が老人を殺したのなら、こんなカセットテープは抹殺する方が自然であろう。これは大野は違うな、吉敷はそう思いはじめた。だが、そうなると誰が八十四歳の老人を絞殺するというのか。

それにしても、録音中、不明の点が一箇所、吉敷にはあった。小谷もそうだという。それは、「相続税も天井知らずだ、おかげで私は今七人の子持ちだ」という行《くだり》である。これが意味不明である。何故相続税が高いと、七人の子持ちということになるのか。税法の専門家に尋ねてみてようやく解った。そして非常に驚いた。相続税というものは、子供が多いほど安くなる。正確には、相続人の数が一人増えるごとに、課税対象額から四百万円控除になる。さらに税率の計算上も、相続人が増えれば増えるほど安くなっていく。驚いたのはこの先である。現在の土地高騰により相続税が急上昇し、払うのが苦しくなった庶民が防衛策として孫を次々に祖父の養子にしてしまうことが、現在東京で大流行しているというのである。つまり、戸籍がめちゃめちゃになりつつあるという。

土地の高騰が巡り巡って、思わぬところに波乱を起こしつつあった。これはまことに予想外である。そして、実にゆゆしき社会問題というべきであろう。

具体的に調べてみると、磯村家も、徳一の妻や、息子二人、そして彼らの妻たちにその子供、すべて磯村精次郎の養子となっていた。なるほど、精次郎はＥでこのことを言っていたのである。

それから事件はお宮に片足突っ込んだような状態になり、なんの進展もないまま半年ばかりがすぎた。

翌年の三月、東京でちょっとした地震があった。マグニチュード三・五ほどで、大したものではなかったが、それでもP市で、五階建ての事務所ビルの最上階の一部がくずれたというものがあった。それがなんと、磯村徳一の家だった。

住居として使用していた五階で、一人寝ていた徳一が、くずれ落ちてきたコンクリートの下敷きになって死亡した。夜中の地震で、みな就寝中だったが、死亡したのは彼が一人だけだった。ほかには怪我《けが》人も出ていない。

磯村家のビルは先日落成したばかりで、ずさんな工事に非難が集中、世論も騒然となった。P市の磯村家以外には破損したビルの噂は聞かないので、よほど徳一が不運だったわけである。

週刊誌が特集を組み、テレビの報道番組も特番を仕立てるという状況の中で、吉敷は死んだ徳一の息子という人物の訪問を受けた。彼は、年齢は三十歳前後、名前は良《りよう》治《じ》といった。吉敷は初対面のこの人物の突然の来訪の意図をはかりかねたが、磯村良治は吉敷を前にすると、驚くべきことを語りはじめた。

「相続税が大変でして、今度の事務所ビルも、土地を担保にして、銀行融資を受けて購入というかたちをとったんです。それでも、代々の土地はかなり処分するほかありませんでしてね」

磯村良治は蒼《あお》ざめた顔で、憑《つ》かれたような目をしている。銀座八丁目の裏通りで殺された磯村精次郎の、彼は孫にあたる。いや、戸籍上はもう息子か。

「われわれはみんなサラリーマンで、あとは代々の土地に建てたアパートからのあがりと、収入は知れたものなんです。とてもではないが、あの莫大な額の相続税など払いきれるもんじゃない。それも土地は日々値上がりを続けていて、もう計算上ぎりぎりのところまできていたんです。これ以上土地の値段が上がったら、われわれは首を括《くく》らなきゃならなくなるという、ぎりぎりのところに追い詰められていたんです。だからわれわれとしては……、なんとかするしかなかった……」

最後は涙声になり、言葉を詰まらせた。ひととき時間があり、良治のやや疲れたふうの頬の肌に、涙が滑り落ちた。いかり肩のいかつい男だったので、それが首筋を震わせて泣いている様子は少々異様だった。

なんとかするとはどういうことか。土地の値段の高騰を、止める手だてでもあるというのか。

「祖父にこれ以上生きていられては、われわれはもうやっていけなくなる。早く相続を完了しないと、代々の土地もなくなった上に、自分らがそれぞれ暮らす家にもこと欠く状態になるんです。私も、父も、散々悩んで悩んで、悩んだ末に……、あんなことを……」

そう言って彼は泣きくずれた。そしてこの時、ようやく吉敷はことの真相に思いいたった。

「では君か？　それとも」

「父です。父が、Eの外で待ち構えていて、祖父をひとけのない路地に誘い込んで、後ろから、首を絞めたって……」

吉敷は一瞬息を呑《の》み、それから溜め息を洩らした。驚いた。そういうことだったのか。血のつながった者の犯罪か。

「でも、今度の地震で、購入したビルの一部がくずれて、その父が亡くなりました。これは、間違いなく祖父の祟《たた》りだと思います。それで、こうして……」

磯村良治は泣きくずれ、吉敷は憮然とした。ひどく後味の悪い事件だ、と思った。調べてみると、良治は精次郎殺しに直接加担してはいなかった。五月二十四日夜のアリバイもあった。精次郎殺しの決断は、どうやら徳一一人のものであるらしい。そうなると、良治にまで精次郎殺しの責の一端を法的に背負わせるのはむずかしいかもしれない。証明がまずむずかしい。

土地高騰が、思わぬところまで波紋を拡げていた。自分がもし彼らの弁護士なら、磯村精次郎を殺したのは土地の高騰だ、とそう主張するだろうか、吉敷は思う。天井知らずの土地高騰が、磯村家を父親殺しにまで追い込んだ。

そして土地高騰によって殺されたのは、磯村精次郎だけではなかった。その息子、徳一も、どうやら同じ犠牲者だったのである。

マスコミ関係者が、P市の磯村家のビル一部破損を追及するうち、こちらも驚きべき事実を探り当てた。

磯村家が購入した事務所ビルは、土地付きのいわゆる建売りであった。土地代の異常な高騰が建築費を圧迫し、この事務所ビルは、完全な手抜き工事による欠陥ビルだったのである。磯村家のビルを請け負った工事会社と同業の、大手現場関係者は、テレビのインタヴューに答えて、画面上でこう語る。

「うちも今、ぎりぎり赤字かどうかってとこまで追い込まれて工事してるんですよ。コストもぎりぎりまで切り詰められてますしね。切り詰められたコストのしわ寄せが一番くるのが、労務コストと、資材の部分なんですよ。特に鉄筋です。うちは大手だからまだいいけど、小さいとこは大変なんじゃないかなあ。

労務コストが切り詰められてるからね、一人の溶接工が、今まで以上にたくさんの数の鉄筋をね、一人で溶接しなきゃいけなくなるんです。どうしてもある程度手抜きにならざるを得ない。それから、どことは言えないけど、海外からの粗悪品で間に合わせてるとこもあるしね。あれじゃすぐ切れるよね、溶接した継ぎ目部分からね。

鉄筋ってのは、地震の横揺れに対して粘りを発揮して建物の倒壊を防ぐ、一番大事な役割を果たすところだからね、それがぷつんぷつん切れちゃあひとたまりもありませんよ。あのP市のビルだけじゃないと思うよ。最近みんなやってるからね。去年から今年にかけて建てられた、小さいとこが請け負った民間マンションとか貸しビルなんか、あんまり信用しない方がいいよ。コスト削減で、突貫工事ですしねえ」

数字のある風景

「4、14、25、8、3、7、18、45、4、3、9、6、1、2、4、35、11、9……」

電話の向こうで、延々とそんな数字を読みあげる男の声が聞こえた。

「もしもし」

と自分は言ったが、なんの反応もなかった。どうやらかけ間違えたらしい。

ある日、サッカーの中継が聴きたくて、ラジオのダイヤルをぐるぐる乱暴に廻していた。すると、雑音に混じってまた男の声が聞こえた。

「14、2、1、8、6、9、12、11、34、6、4、9、54、67、8……」

休日や、勤めが早くひけた日など、私は一日中この数字の朗読を聴いてすごした。私は孤独だったので、そんなふうにして十年がすぎた。

そして今や私は、この数字の意味をすっかり理解した。これは、歴史の進行を数字に置きかえたものなのである。世界中の人類の、総念のボルテージを読みあげているのだ。

私は十年の時をかけて、私はようやく知った。歴史とは、数字の波なのである。これは、いうならば、柔軟にうねりながら刻々と描かれていく歴史の設計図なのだ。これによって何年かおきに戦争は起こり、英雄が生まれる。

私はこの数字を読むことにより、ケネディが、ヒトラーが、ナポレオンが、前後に並んだ三つのスクリーンに遠近法的に投影する幻であることを知った。

また、この数字こそは時々刻々と変化する歴史そのものであるから、この暗号を解くことにより、世界で現在どんな事件が起こっているかを、正確に知ることもできる。

たとえば、

「5、9、24、8」のパターンが繰り返し現われれば、どこかで大規模な内乱の計画が進行しつつある。

「17、8、9、1、0」

この繰り返しは、歴史的な大発明や発見に、どこかの国で学者たちが興奮しているしるしだ。

「11、2、9、8、4」は地震だし、

「2、4、2、9、4、3」は経済恐慌の前ぶれ。

「1、11、48、0」は英雄の誕生、または死を意味している。

何故私だけに、この貴重な情報が報告されるのか、私には解らない。歴史の推移が逐一私には示されるのに、誰にもこの放送が聴こえないらしいのである。

次第に私には、この数字の連なりが、どんな詩よりも美しい響きを持ちはじめた。

すると、それと同時に私は、自分がいつも目にしている風景の中にも、この数字がひそんでいたことに気づいたのである。

数字は、遥か以前から常に、私の目の前に報告され続けていた。私が気づかないでいただけなのだ。こうして私には、ラジオも電話も必要ではなくなった。

よく晴れた土曜日の午後、私は歩道の上に並べられたカフェのテーブルのひとつに席を占める。すると隣りの男がテーブルの上に載せていた本のページが風にめくれ、次々に数字を示す。

「4、11、24、31」

そしてまた最初から、

「2、4、9、16」

私は視線を廻す。すると、別の席では若い娘たちがポーカーをやっている。黒いスーツ、黒いつば広帽の女の持つカードの数字が、私の位置からは読める。

「14、2、9、9、4」

これはよくない数字だ。私のすぐ近くで、大きな交通事故が起きるだろう。

目の前の石畳の道を、老婆が横切りはじめる。そこへ、豚をたくさん積んだトラックがかなりのスピードで走ってきて老婆を撥《は》ねた。老婆はゆっくりと宙に舞い、ポーカーをやっていた娘たちのすぐ足もとに落ちた。

トラックはさらに暴走し、果物屋の店先に飛び込む。オレンジが店の奥に向かってはじけ飛び、そのうちのいくつかは大通りに転がり出てくる。ひとつ、二つ、三つ、四つ、五つ、私は数える。

トラックから豚が逃げ出す。一頭、二頭、三頭、四頭。

私は湧《わ》き起こった悲鳴を尻目に席を立つ。コインを四つ、テーブルに放り出す。ゆっくりと大股で歩く。昇りの階段にたどり着くまでに四十三歩。階段をあがる。三十六段。改札を抜ける。四番線、目の前に電車が滑り込む。銀と紫とに塗り分けられた車両に、七号車のカード。

空いた席を見つけ、腰をおろす。すると前の男が広げた新聞の見出しに、二歳の幼児、誘拐の記事。

「5、4、4、43、36、4、7、2」

これもよくない。東方の国で、大規模な空襲が行なわれるだろう。

街には数字があふれている。しかし、不思議なことに誰一人これに気づかない。誰一人、この電光ニュースよりあからさまな数字の報告を、読もうとはしないのである。とうとう、私には解った。これは世界中で私一人だけに向けられた報告なのである。私は選ばれた民なのだ。歴史は私の鼻先で創られる。そしてとうとう私は、自分がまぎれもなく神に選ばれた天才であることを知ったのだ。

私にはすべてが解る。自分の周りの人間たちが、急に無能な蟻のように思えた。彼らは毎日鼻先に突きつけられている歴史の計画書を読むことができず、日々、急流に浮かぶ板きれのように、ただ流されているだけなのだ。

私は予言者として、民の上に君臨することもできたろう。しかし私はそうはせず、知人たちの集まりに顔を出しては警句に充ちた言葉を吐き続け、ちょっとした未来を言い当てたり、鳴りはじめた電話のベルが、何度鳴ってやむかを当てて得意になっていた。私がいかに他人と違っているかを示そうとして、世間や著名人たちを軽蔑してやまなかった。なにしろ私は、歴史上の偉人以上の存在なのである。私の足もとには歴史そのものが転がっているのだ。

私は次第にオフィスに行くのも馬鹿らしくなり、連日アパートで、昼まで寝て暮らした。ある朝、部屋のドアが激しくノックされた。出てみると大家だった。私の顔を見ると彼は、

「8、6、14、28、16」

と言った。ところが、どうしたことか私には、突然その意味が解らなくなっている。単なる数字の羅列なのだった。

郵便受けに走った。新聞を抜き出した。広い紙面いっぱいを、大小の意味不明の数字がぎっしりと埋めていた。

「これはどうしたことだ！」

私は背後の大家に向かって叫んだ。

「いったい何が起こったんです？」

ところが彼はぽかんとし、首をかしげ、それから肩をすくめながらこう言った。

「2、4、14、80、13」

表通りに出た。街のあらゆる看板から文字は消え、大小の数字が取って代わっていた。そしてその意味は、私には少しも理解できない。

私は通行人を片っ端からつかまえ、話しかけた。少しも言葉は通じなかった。彼らは一様に、意味不明の数字だけを言った。

私は部屋に駈け戻り、電話を取ってダイヤルを回した。

以前、私が数字を読む声を聴いていた番号である。すると今度は言葉が聞こえ、こう言った。

「今日、午後四時、壊滅的な大地震が起こります」

しかし、私はもうそれをみなに伝えることはできない。

解説　「毒を売る女」に寄せて

藤井道人

島田荘司先生の『毒を売る女』の文庫解説の依頼をいただき、とても困惑している。僕のような若輩者が、島田先生の描く本格ミステリーの解説など、恐れ多いにもほどがある。

基本的には「映画監督・脚本家」を名乗っているが、脚本は、所詮、映像ありきの設計図であり、小説が持つ、言葉の力には到底及ばないことも自認しているからだ。しかし、ご推薦をいただいたのであれば、無い頭を振り絞り、島田先生の作品に傷がつかないよう、しっかりと書ききる次第だ。

島田荘司先生と出会ったのは２０１３年のことだ。自主映画時代からお世話になっている佐倉プロデューサーから島田先生のある企画を映画化しないか？　と提案を受けて、島田先生の本を読むようになった。僕は、元々そこまで文学少年ではなかったため、小説の知識は乏しく、島田先生の小説は御手洗潔シリーズを数作読んだほどであった。

結局、その原作は何度も執筆を重ねたが、最終的に映画化するには至らなかった。が、その数週間後に改めて佐倉プロデューサーから思いもよらぬオファーをいただいてから、僕の映画人生を語るうえで、島田先生の存在は切っても切れない存在になった。

「島田先生とオリジナルで作品を作らないか?」

ようは、島田先生のオリジナル作品を映画として先に制作し、のちに島田先生が小説化するということだった。この作品が、2014年に発表された『幻肢』である。「毒を売る女」に触れる前に『幻肢』で僕が得た、代え難い経験について書いておこうと思う。まず、島田先生にお会いして、「幻肢」を題材にしたラブ・ミステリー作品の構想があることを聞いた。四肢のように大切な人を失った青年が「二人の恋の思い出」をTMSという特殊な治療法で蘇らせようとする、というおおまかなストーリーラインと、脳が起こす「幻肢」という現象においての簡単なブレストを行った。その時に驚いたのは、島田先生がミステリーだけではなく、医学にも驚くべき知識量を持った方だったということだ。

翌週には、島田先生がプロットをあげてきてくださり、映画脚本の執筆がスタートした。

執筆中、島田先生は父子ほど年の離れた僕の相談も優しく聞いてくださり、一緒に吉祥寺の街を散歩しながら、キャラクター造形やストーリーラインについても沢山の議論を重ねた。脚本づくりにおいては、ずっと島田先生におんぶにだっこではあったが、なんとか食らいつきながら脚本は完成し、2014年秋に無事全国公開された。決して大きな規模の作品ではなかったが、全国のミステリーファンの方々に見ていただいたことや、島田先生とトークイベントに参加したこと、台湾で開催される島田荘司推理小説賞の授賞式に参加したことなど、沢山の貴重な経験をさせていただいた。

さて、今作「毒を売る女」に話を進めたいと思う。これもまた佐倉プロデューサーの薦めで読んでみた一作である。眼に見えない恐怖が加速していく様は圧巻であり、極限状態に追い込み、追い込まれていく二人の攻防にページを捲る手が止まらなかった。

「毒を売る女」を読んで驚いたことが、二つある。

それは、30年前に書かれたにもかかわらず、全く色褪せない普遍性があること。そして、登場人物たちの心理描写や、行動原理が、映画を見ているかのように想像できるということだ。

これは、島田先生が人間の感情というものを30年前から熟知し、それを読者に伝える術《すべ》を会得しているからであろう。この作品の要素の一つに「感染する恐怖」というものがあげられる。梅毒という病は、様々な社会の変化によって30年経った現在に再び注目を浴びている。また、２０２０年4月現在、世界中を不安と恐怖のどん底に陥れている新型コロナウイルスも例外ではない。他者によって、自分の、もしくは自分の家族の命が危険にさらされる恐怖が本作では余すことなく描かれている。そして、特筆すべきはそこに付随する、人間が持つ「選民性」「社会的地位」の喪失への恐怖も描かれている点だ。努力して入ったため、やめるわけにはいかない有名幼稚園。医者の妻であること。その様々な社会的立ち位置が更に主人公を苦しめていくところに、島田先生の多層的恐怖の演出の巧さが見て取れる。

また、僕が個人的に、愛してやまないキャラクターは大道寺靖子である。無知であるが故、何の気なしにうっかり主人公に相談してしまった。自分にもっと知識があればそんなヘマをすることはなかったのに。その後悔と自責の念が更に彼女を暴走させていく。そんな大道寺に、恐怖を感じながらも感情移入してしまったのは僕だけではないと思う。「髄膜炎の初期症状だったのよねえ」と主人公に言うところも、後悔しながらも彼女なりのもがきを感じられるシーンの一つである。

最終的に、大道寺が選んだラストは果たして彼女にとって正しい選択だったのだろうか？　短編小説ながら、とても強い余韻をくれる作品であった。

もし、いつか僕にこの作品を映画化するチャンスが巡ってきたら、島田先生が30年前に書いたこの作品の魅力を現代に置き換え、そして「迫りくる感染の恐怖」を思いきりスクリーンに投影したいと思っている。

（映画監督・脚本家）

表紙装画について

河出文庫が短編集『毒を売る女』を改訂完全版として再刊してくださるというので、表紙装画は雪下まゆさんを選ばせていただき、ラフがあがってくるのを待っていたら、あんまり見事なラフ画が来たので、すっかりノックアウトされてしまった。さすがに女の子の顔を描かせると天下一品の雪下さんらしい描写で、ラフゆえに無造作に輪郭線が走り、その上にさっと色彩が施されただけの簡潔な絵であったのに、現れている女性の表情や内面に、ＰＣを立ち上げるたびに目を引きつけられて、離せなくなった。たまたま現れたらしい女に、ただものでない気配を見るたびに感じるようになって、めったに目にできぬ傑作に遭遇していることを確信した。むしろ弱々しい伏し目が伝える魅力は、美人のつくりのゆえだろうが、並々でない暴発を秘める極限的な女性の繊細さが、粗い線のゆえによく現れて、たまたまでこんな顔を眼前におろしてくる選ばれ方は、今まさしく天才が降臨している人のゆえを感じた。そこでこのラフを表紙にさせてもらえないかと、担当編の口を通じて頼み込んだのだが、粗い仕事をする人間とは思われたくないと強く言われるので、今後雪下さんとお仕事をされる方々は、今回は私のたっての我儘をきいていただいた異例であることをご承知いただき、決して誤解をされることがないよう、私からも伏してお願いを申しあげておきます。

島田荘司

この作品は一九八八年三月に光文社より刊行され、一九九一年十一月に光文社文庫として刊行されました。

本書は、二〇一四年六月に南雲堂より刊行された『島田荘司全集Ⅵ』に収録された『改訂完全版　毒を売る女』を加筆・修正し、文庫化したものです。

改訂完全版《かいていかんぜんばん》 毒《どく》を売《う》る女《おんな》

二〇二〇年 六 月二〇日 初版印刷
二〇二〇年 六 月三〇日 初版発行

著　者　島田《しまだ》荘司《そうじ》
発行者　小野寺優
発行所　株式会社河出書房新社
〒一五一－〇〇五一
東京都渋谷区千駄ヶ谷二－三二－二
電話〇三－三四〇四－八六一一（編集）
〇三－三四〇四－一二〇一（営業）
http://www.kawade.co.jp/

ロゴ・表紙デザイン　粟津潔
本文フォーマット　佐々木暁
印刷・製本　中央精版印刷株式会社

Printed in Japan ISBN978-4-309-41751-6